Le Helbai, 20...

H Fabienne

Votre mère m'a attendu
pour que je vous envoie un mot.
C'est une attention très
délicate à la fois pour moi
et pour vous.

Lui en a fait
Nerveux lentement. J'ai vous
septum à l'écrire.

Bien lettre.

Et surtout merci de prolonger
de ou des fonctions

GAËTAN LAVOIE

ROMAN

Les Éditions Petite-Rivière-Saint-François

Donnés du catalogue avant publication (Canada)
Lavoie, Gaëtan

Le mensonge de Maillard
Première édition
2-89026-352-5

Le mensonge de Maillard
Deuxième édition
2-9808885-0-8

Copyright 2005, Les Éditions Petite-Rivière-Saint-François
Dépot Légal, 2e trimestre 2005
Bibliothèque Nationale du Québec

ISBN : 2-9808885-0-8

Le mensonge de Maillard

Conception graphique de la couverture : Eunice Renélick
Photos de la couverture et de l'auteur : Robert Marquis

Les Éditions Petite-Rivière-Saint-François
C.P. 49093
Montréal (Québec)
H1N 3T6

eprsf@hotmail.com

Imprimeur :
Performance Data Inc.
295, de la Montagne
Montréal (Québec)
H3C 4K4

À Anne

Avec la mer du Nord pour dernier terrain vague
Et des vagues de dunes pour arrêter les vagues
Et de vagues rochers que les marées dépassent
Et qui ont à jamais le coeur à marée basse
Avec infiniment de brumes à venir
Avec le vent d'ouest, écoutez-le tenir
Le plat pays qui est le mien.

Jacques Brel

Un immense merci à ceux et à celles qui ont lu mon livre et, en particulier, à Lise, à Claude et à Yvan.

Chapitre premier

Loin des autres, Odiluce guette le moment où le servant de messe lui glissera la patène sous le menton. Les feux verts, rouges et jaunes des lampions frappent de plein fouet l'assiette de fer-blanc polie et se réfléchissent sur le visage des communiants. Le curé Boucher les trouve bien peu nombreux. Alignés en rang d'oignons le long de la sainte table de l'église de Maillard, ils se surveillent tous du coin de l'oeil en attendant leur tour de communier.

Le regard d'Odiluce embarrasse et dérange le curé qui n'y décèle plus la ferveur qu'il exige de ses ouailles. Il presse le pas pour arriver plus vite devant elle. Mais, avant, il va falloir qu'il subisse la présence d'Émilien, l'homme à tout faire de la fabrique. Droit debout sur l'agenouilloir de la sainte table, le nain ne rate jamais la messe de sept heures.

Émilien a le regard superbe et rien ne l'amuse plus que de le cacher. Ses yeux vifs et perçants séduisent lorsqu'ils ne disparaissent pas comme ce matin sous une abondante chevelure broussailleuse. Mais son charme s'arrête là. On lui reproche souvent de fourrer le nez partout et de surgir aux moments les plus inattendus. Il dérange. De son costaud de père, il n'aurait hérité qu'une seule chose: un talent extraordinaire pour la menuiserie. Comme il a travaillé d'arrache-pied à la reconstruction de l'église, il s'y sent vraiment chez lui. Pendant les travaux, et dans le plus grand secret, il s'était aménagé un petit coin au sous-sol. Frileux, il couche là, à proximité de la fournaise, encerclé d'objets hétéroclites. Personne ne connaît sa cachette où, dans le noir rougi par la lueur d'un fanal, il s'égaie à s'imaginer grand et aimé. Ces nuits-là, Jeanne, sa mère, se morfond d'inquiétude.

« C'est à croire qu'il prend un malin plaisir à tacher les nappes, ce malfaisant! » Dédaigneux comme pas un, le curé fixe du regard les petites mains sales d'Émilien posées bien à plat sur le coton éclatant. Tous les matins et sans jamais faillir à son habitude, le nain laisse les empreintes de ses doigts courts sur la broderie généreusement empesée par les soeurs franciscaines. « Aussi bien parler à un mur! Quelle tête de pioche! Son petit manège dure depuis des années malgré mes réprimandes. Je ne peux tout simplement plus le souffrir. Les religieuses vont encore se plaindre! Y'a des jours où je vendrais mon âme à Lucifer pour ne plus le voir ici! Faudra bien l'enfermer... comme son jumeau Émile! C'est ça qui sera le mieux! »

Personne ne s'étonne d'entendre le curé marmonner ainsi. Inutile de chercher à comprendre. C'est inaudible. Mais tous devinent qu'il peste encore contre Émilien. Le curé a l'habitude de penser tout haut, surtout lorsqu'il est contrarié. Excessif en tout, lui aussi en exaspère plus d'un à cause de sa manie des mains propres. Il examine les doigts de tous et chacun. Si par mégarde ceux-ci ne sont pas *immaculés*, il ne manque pas de grogner et hésite à offrir la communion au fidèle pris en défaut. Cela risque de se produire d'un moment à l'autre. Mais, comme les Maillardiens sont peu nombreux dans l'église ce matin, le curé choisit de réserver son effet pour une occasion plus exemplaire. Émilien échappe ainsi à une nouvelle humiliation. Le curé se contente de feindre de vouloir passer tout droit devant son bouc émissaire préféré. Émilien lui facilite les choses: il laisse pendre ses mains le long du corps.

Soulagé, débarrassé d'Émilien après l'avoir sèchement servi, le curé se présente devant Odiluce. « Que penser d'elle? D'où lui vient cette réticence, cette attitude, cette façon de me regarder, de fixer les yeux ailleurs? Curieux, cet air frondeur. Elle n'a donc plus de piété cette fille! À la première occasion, je lui reprocherai son peu d'ardeur au culte! » Il évite de la regarder trop directement, trop longtemps, de crainte qu'elle ne le devine. « On dirait qu'elle vieillit prématurément. Elle ressemble déjà à une femme de trente ans alors qu'elle n'en compte pas encore vingt! Qu'est-ce qu'elle nous prépare? »

De plus en plus mal à l'aise, le curé distingue des changements dans la rondeur du visage d'Odiluce. « Son teint n'est plus le même non plus! » Il tient fermement la base du ciboire dans sa main gauche et de l'autre fouille dans le fond du bol doré pour saisir une hostie. Puis, en calculant minutieusement son geste, la sert. Doucement, elle baisse les paupières, puis penche la tête. « Pas assez, pas assez! » trouve le curé. D'un léger coup de patène sous le menton, Jean, l'enfant de chœur, la salue. Signal compris. Odiluce se relève, se retourne et se retire lentement. « Elle en met du temps... tout de même respectueusement! » constate le curé.

La lenteur d'Odiluce frise l'insolence, mais le curé préfère y voir une attitude soumise. Il tarde à se diriger vers une autre communiante, impatientée par le peu d'attention prêtée à sa *distinguée* personne. La fière et orgueilleuse mairesse louche du côté de cette jeune fille que les hommes reluquent trop à son goût. Jean donne du coude au curé pour l'avertir que madame Gagnon l'attend. Celui-ci reprend brusquement le service, non sans avoir attiré l'attention de l'organiste.

Du haut de son jubé, Martin sourit. Il n'a rien manqué. Son grand miroir ovale lui renvoie toutes les images, de l'autel à la sainte table. Il a bien du mal à retenir ses pieds qui gigotent au-dessus du pédalier de l'orgue. « Au son d'une marche militaire, ça serait encore plus drôle! » Le curé avance à grands pas. Il pousse son servant du genou.

Tout le monde au village s'attend à ce que la chicane éclate publiquement et pour de bon entre le curé et la plus réticente de ses paroissiennes. La plupart du temps, c'est Odiluce qui le provoque. Elle le pique toujours plus finement, sans mot dire, par ses gestes et ses attitudes. Depuis un an ou deux, on ne compte plus les accrochages; petits duels toujours plus apparents dont le curé semble

11

souvent sortir perdant et confus. Odiluce a des raisons de croire que c'est dans cette église et ses alentours que s'échafauda la tromperie.

La messe de sept heures s'achève. Sans bruit, Odiluce glisse sur son banc, puis le quitte. Chacun feint de ne pas la remarquer. Ses bras poussent avec force l'une des deux portes de l'église. Délibérément, elle la fait claquer durement en la relâchant. Aurèle, le bedeau, se retourne sec, tout de suite imité par les paroissiens éparpillés aux quatre coins de l'église.

« Cette fois, elle exagère! »

Quelle surprise! À l'étonnement général, le curé, adossé à l'autel, a parlé à haute voix. La remarque comprise de tous réoriente les regards vers lui. Jean s'esclaffe et son fou rire contagieux se perd dans un sourd et bref murmure. Le curé comprend vite le ridicule de sa situation, surtout lorsqu'il croise les yeux éberlués d'Aurèle. Le bedeau les ouvre toujours grands et se compose une tête ahurie lorsqu'on lui reproche quelque chose. Autrement, c'est à croire que ses longues paupières se scellent dans son visage de nacre.

D'un pas sûr et agile, Odiluce se met en marche. Elle remonte le col de son manteau déjà attaché jusqu'au cou pour se protéger du vent des grandes marées d'octobre. Il vient tout droit du fleuve Saint-Laurent et soulève le tapis de rosée, déroulé dans les champs par la nuit, pour ensuite s'entortiller autour de la montagne enracinée en demi-lune au pied de Maillard.

La brise monte du sud ce matin, escortée par son inséparable compagne, la senteur de varech. À renifler attentivement l'odeur de l'air, Odiluce sait si la marée monte ou descend; du bout du nez, elle reconnaît ses mouvements. Très jeune, elle a appris à reconnaître les va-et-vient de la mer en exerçant son odorat pendant des nuits et des nuits. Aujourd'hui, elle se trompe rarement à ce jeu.

En face, un peu au sud-est, en plein milieu du fleuve ennobli du titre de mer par les Maillardiens, l'île aux Coudres pointe clairement. L'automne, un jour sur deux, les bancs de brume la dissimulent, tandis que l'hiver lui peint des atours de banquise. Par beau temps, elle se découpe majestueusement.

À Maillard, tous les matins et toutes les saisons se ressemblent, au dehors comme dans l'âme et dans le coeur de chacun. Rien n'est brusque. Sur un mille de route, pauvres et moins pauvres se font face. Des galeries et des fenêtres de deux rangées de maisons, ils se guettent et se comparent. Les plus fortunés habitent les demeures dont les devantures donnent sur la mer. Les maisons des pauvres lui tournent le dos. Eux sont aveuglés par un croissant de montagne escarpé, puissant bouclier capable d'engager une dure lutte contre le froid et la misère. Haut de quatre mille pieds, ce maillon de la chaîne des Laurentides borde le village. Il l'agrippe pour l'empêcher de glisser dans la mer. Son roc, réputé solide, rassure, car les tremblements de terre réveillent souvent Maillard. Seule une mince bande de terre de quinze ou vingt arpents sépare les maisons de la grève.

Au fil immuable des heures et des jours de Maillard, les mouvements lents et souples d'Odiluce épousent le rythme de la source qui descend de la montagne avec la régularité d'un sablier. Mais la cadence de ses pas trahit de plus en plus une impétuosité qui suscite dans son entourage une curiosité sans cesse grandissante. Les vieilles femmes à leur fenêtre, pourtant habituées à la voir circuler depuis des années, ne la quittent plus des yeux, jusqu'à ce qu'elle disparaisse au loin.

Odiluce palpe le côté droit de son visage, cherche en tâtonnant des signes de changement que les regards des autres lui signalent. Le peu d'attention qu'elle accorde à sa personne, le chagrin et le trouble, surtout depuis la mort de Louisa, l'ont transformée. Son coeur et son corps ne lui apparaissent plus les mêmes. Ce village qu'elle trouvait beau, elle ne le connaissait pas vraiment. Il se démasque peu à peu tout comme ses habitants. Ils ont en commun un passé tortueux qu'elle fouille avec l'impression obsédante d'aller trop loin. Odiluce lève la tête, fixe les deux rangées de maisons et le mille de route à parcourir. L'inquiétude s'estompe devant le plaisir de humer l'odeur du jour.

Chapitre deuxième

À contrecoeur, Odiluce se range sur le bord du chemin. Sa respiration s'accélère et sa poitrine se gonfle. Le chat qui la précède depuis le perron de l'église s'enfouit à la hâte sous les buissons. Il a foncé si vite et si profondément dans le branchage humide qu'il s'y empêtre.

Le bruit devient de plus en plus cassant: le maire de Maillard s'annonce avec sa Ford. Donatien, qu'Odiluce trouve mal éduqué, voire effronté, cavale seul depuis des semaines. Il en est à sa cinquième campagne électorale. Voilà quinze ans qu'il trône sur le siège de premier magistrat de son village et qu'il s'en vante continuellement. En dépit du fait qu'aucun de ses concitoyens ne tentera de briguer les suffrages contre lui à l'élection prochaine, comme ce fut le cas pour les précédentes, il se démène comme un diable dans l'eau bénite. Si par malheur un adversaire devait surgir, tout de suite, il croirait à une vaste conspiration tramée contre lui.

C'est du haut de sa Ford qu'il clame son tout dernier slogan électoral, un argument qu'il prétend avoir forgé et qu'il juge des plus convaincants: « Nous devons refaire le chemin du quai. Ainsi, c'est en automobile et sans risque de les démolir que nous pourrons tous nous rendre à nos navires. Y aura du travail pour tous! Pas un seul homme valide ne chômera l'hiver prochain, sans compter le privilège d'une entrée confortable dans le vingtième siècle! »

Dans toute la province de Québec, on compte environ six cents Ford et voilà que Donatien a trouvé le moyen de s'en procurer une. Il a profité d'une audacieuse campagne de promotion orchestrée par un concessionnaire de La Malbaie. Donnant, donnant; il a promis de faire campagne pour l'amélioration des chemins. Le curé de Maillard a vainement tenté d'empêcher la circulation de cette *machine infernale*, mais a été contraint de se raviser malgré son serment devant le portrait de Pie X d'abjurer le modernisme, *une calamité*. À cause de la popularité de l'engin et surtout à cause des menaces de Donatien — moins bons prix de boucherie... et indiscrétions — s'il persistait dans sa croisade contre le progrès, le curé renonça très vite. Certaines mauvaises langues affirment que c'est parce qu'il ne profite pas lui-même d'une automobile qu'il s'est acharné à vouloir l'interdire: « La jalousie l'aveugle! »

Donatien s'amuse à jouer les riches bien qu'il gagne péniblement sa vie comme boucher. Du coin des yeux, Odiluce l'aperçoit. Elle éprouve de l'aversion pour lui, surtout à la vue de ses vêtements de travail souillés de sang. Le boucher-maire de Maillard ceinture de son gros bras court les boîtes de viande fumée, destinées au marché de Baie-Saint-Paul et tout particulièrement à l'hospice de cette ville. Ses livraisons commencent toujours après la messe de sept heures; comme s'y attendait Odiluce, il l'interpelle:

« Alors, ma belle grande fille, on n'a pas encore mis le grappin sur un bon mari? Au train où ça va, tu vas finir tes jours vieille fille... attrayante comme t'es, ça serait bien dommage! »

Donatien n'a pas le loisir d'amorcer une nouvelle phrase. Elle lui coupe la parole entre deux respirations.

« Monsieur Gagnon, vous m'avez promis de le ramener au village! Vos menteries, moi je ne les crois plus! Je sens qu'il est toujours en vie... ce frère... ce vieux fou! Je vous... »

Les deux se retournent en même temps pour vérifier s'il n'y a personne derrière; habituellement, Jean suit Odiluce de près. Mais ce n'est pas encore le cas. Le boucher ne peut cacher son malaise. À son tour, il s'inquiète.

« ... Je vous avertis une dernière fois! Faites vite, sinon, je vous dénonce... sans parler de votre femme qui se doute de quelque chose!... »

De sa face égrillarde, Donatien compose une tête consternée.

« ... Je lui raconterai tout! Aux autres aussi! Vous perdrez vos élections... adversaire ou pas! Je m'en chargerai... vous l'assure. Tenez vos promesses!

— Je voulais juste... »

Ils continuèrent de parler pendant quelques instants jusqu'à ce que le boucher voie sa femme sortir de l'église. Il saute dans sa machine, en redescend encore plus vite, attrape la manivelle sous le siège, puis d'un douloureux tour de bras fait démarrer le véhicule. Le moteur bringuebale à grands coups.

Déjà partie au moment où Donatien entreprend de foncer vers l'est, Odiluce se bouche les oreilles avec les paumes et plisse les yeux pour ne plus voir celui qui l'a approchée de trop près l'été dernier. Il n'a pu cependant aller très loin avec elle. Mais suffisamment pour provoquer le scandale si ses audaces se révélaient au grand jour, pense-t-elle. Odiluce l'a ainsi piégé. Donatien a une peur terrible que ça se sache et n'a d'autre choix que de lui obéir. Il est l'homme tout indiqué, puisqu'il va quotidiennement à Baie-Saint-Paul et jouit de ses entrées à l'hospice. Quoique habituellement très bavard et incapable de garder un secret, le marchand n'a osé souffler mot à quiconque des exigences d'Odiluce.

Au fur et à mesure que le tintamarre de l'automobile décroît, Odiluce s'applique à écouter le clapotis de ses pas sur le chemin de terre mouillée. Ses bottes terreuses dissipent la rosée. Son trajet ressemble à celui des navires qui sillonnent le fleuve depuis trois siècles. Au fond du village, plus d'un mille devant, le feu couleur de jade du phare de navigation, tamisé par la brume en ce temps de l'année, engendre des teintes de lendemain d'orage. Une lumière douce, froide et paisible englobe les alentours.

Ce matin c'est l'accalmie. Odiluce l'accueille comme une langueur propice à entretenir ses rêveries. Elle recommence à décortiquer le passé. Chaque jour, elle revit des heures et des heures dans l'autrefois de Maillard en s'alignant sur le phare. Odiluce marche tantôt sur le côté gauche, tantôt sur le côté droit de la route. Elle ne dévie de son chemin que pour éviter les trous d'eau.

Odiluce relève de nouveau le col de son manteau bleu, presque noir. Elle garde les yeux à découvert pour ne pas perdre de vue la mer et fixe la pointe d'une croix de fer rouillé, écaillée par le temps et le sel. Plantée devant Maillard depuis plus de vingt ans, c'est en souvenir de l'étrange naufrage de *L'Eugénie* que la croix résiste aux assauts les plus féroces de la mer.

La *Croix dans la Mer*: il s'agit du premier point de repère qu'Odiluce utilise pour se projeter dans le passé. Encore ce matin, elle tente de reconstituer la fin du navire et de l'équipage que commandait son grand-oncle:

« C'est la nuit... trois ou quatre heures du matin peut-être? Les hommes dorment pendant que le bateau pique sournoisement entre deux longues vagues. La mer, pourtant calme, s'engouffre dans le carré par l'écoutille pour noyer les hommes et les marchandises. Pas un cri de détresse ne résonne dans le village. Aucun écho ne retentit dans le brouillard... »

Rien ne laissait présager le pire, si ce n'est, lui a-t-on raconté, une cargaison trop lourde embarquée dans le port de Donaconna. Le capitaine avait l'habitude de surcharger son navire. Là où il aurait coulé à pic, personne ne peut certifier à combien de centaines de pieds sous la surface de l'eau *L'Eugénie* se trouve renversé. Les profondeurs du fleuve sont insondables à cet endroit.

Contrairement à sa légendaire générosité, la mer ne rendit aucune de ses victimes. Pas un cadavre ne dériva jusqu'à la grève. On ne trouva pas, non plus, de corps accrochés aux perches destinées à piéger les marsouins. Odiluce persiste à croire que tous les marins furent surpris dans leur sommeil. Elle se demande si l'homme à la barre ne s'était pas endormi pendant son quart. Les heures de travail sont longues et dures à bord des goélettes. Les jours et les semaines suivant la catastrophe, les veuves allèrent veiller sur la grève dans l'espoir de retrouver leurs compagnons.

Odiluce entend au plus profond d'elle-même le grand-oncle malchanceux et ses compagnons. Elle les imagine recroquevillés sur leur couchette, emprisonnés dans le carré. C'est aussi en souvenir d'eux qu'elle arpente tous les jours le même chemin où, les veilles de départ, conseils et recommandations versent un baume sur les angoisses.

Les veuves qui observent les promenades d'Odiluce ne se doutent guère que le souvenir de *L'Eugénie* l'accompagne. Souvent, les regards inquiétants des femmes l'intriguent. « Elles m'épient. Savent-elles à qui et à quoi je pense toujours? Je les gêne! »

Chapitre troisième

Aurèle pose l'éteignoir sur les cierges épargnés par les courants d'air et s'efforce d'ouvrir bien grand les yeux pour voir l'heure à la grande horloge pendue entre les deux confessionnaux. Tout juste 7 h 35. Il est content! Je vais enfin prendre du bon temps! J'ai l'avant-midi devant moi! » C'est un flâneur qui réussit à donner l'impression contraire.

Afin de paresser le plus tôt et le plus longtemps possible, Aurèle presse le pas tout en se glorifiant de permettre à la fabrique d'économiser quelques cents: les chandelles et les lampions doivent durer longtemps. Il consent cependant à laisser quelques bougeoirs allumés au-dessus desquels il se frotte les mains. L'humidité perce jusqu'aux os son grand corps maigre. « Mon Dieu, j'ai les mains toutes bleues! » Il masse énergiquement ses longs doigts pour activer la circulation du sang. Bedeau soumis, il attend les ordres du curé pour chauffer l'église. Pas de génuflexion devant le tabernacle, juste un coup de tête pour arriver plus vite devant les troncs. Il en secoue un, puis deux et trois. « Encore vides! »

Dans la sacristie, le curé dépose mollement et un à un ses habits sacerdotaux. Pendant ce temps, Jean trépigne d'impatience. L'enfant de chœur n'en peut plus d'endurer le solennel déshabillage. Durant l'interminable cérémonial, le curé tient mordicus à ce qu'il demeure à ses côtés. Il le surveille et le couve de ses regards possessifs. Gêné, Jean songe à la manière d'échapper à cette désagréable sensation qu'il éprouve trop souvent. Il n'a qu'une chose en tête: fuir pour rejoindre Odiluce.

Orphelin, Jean réside officiellement au presbytère, mais s'en évade à la moindre occasion pour courir se réfugier chez Odiluce qui l'a presque adopté. Après la messe, il la raccompagne souvent.

Il profite d'un moment d'inattention du curé, risque un regard par la fenêtre de la sacristie et, sans s'en rendre compte, facilite du même coup les choses à Émilien. Le nain saisit l'occasion pour se glisser derrière une rangée de soutanes et de surplis. Tous les jours et à l'insu d'Aurèle qui n'attend que le moment de le pincer sur le fait, Émilien se faufile adroitement jusque dans la sacristie, endroit qui lui est pourtant strictement interdit. Et, une fois assuré que personne ne peut le surprendre en flagrant délit, par petites poignées, il avale des hosties non consacrées, ses friandises préférées. Il soulage ainsi d'incessantes fringales dues à une activité continuelle et débordante.

Aurèle referme les lourdes portes rouge et blanc de l'église. Il frissonne. Elles grincent plus que jamais. Les habitués sont ainsi invités à partir. Assis sur la dernière marche de l'escalier en colimaçon qui serpente jusqu'au jubé, Martin feint de ne pas entendre l'annonce de la fermeture et, délibérément, prend tout son temps. Il agit comme si Aurèle n'existait pas. Les deux hommes, du même âge et de la même souche familiale, se détestent profondément. Les cousins s'évitent de leur mieux, ne s'adressent à peu près jamais la parole. Entre eux règnent la crainte et la mésestime.

Aurèle envie l'influence et jalouse le charme qu'exerce Martin sur son entourage, tandis que ce dernier se renforce dans sa conviction que la fausse humilité de son cousin ne dissimule qu'orgueil, calcul et vanité. « Quelle tête cupide et quelle servilité dans l'accomplissement de ses tâches de sacristain! Il expie pour quelqu'un d'autre, si ce n'est pour la paroisse entière », pense Martin qui compte ses feuilles de musique au bas de l'escalier. « La même démarche que grand-père Ludger! Quelle ressemblance! »

Autrefois, Ludger avait froidement tué un vagabond soupçonné de sacrilège, d'un vol d'objets sacrés que personne n'a jamais vraiment pu décrire et qui ne furent jamais retrouvés. Seule une serrure forcée avait poussé le curé d'alors, Martial Fortin, à crier à la profanation, tout en se gardant de fournir davantage d'explications à quiconque sur le butin disparu.

Un présumé témoin du crime a raconté à Odiluce comment cela s'était produit.

Les marguilliers et les notables de Maillard avaient organisé une grande battue afin de retrouver le profanateur. Après deux longues journées de recherche sous une chaleur écrasante, on surprit le vagabond qui déambulait sereinement autour de l'échaudoir de l'abattoir municipal. Les cochons qu'on égorgeait criaient à tout rompre. Suivant les ordres de Ludger, bedeau à l'époque, on encercla Mathiews à la manière des loups. Marguerite à la bouche, il découvrit trop tard l'embuscade. Traqué et sentant le danger imminent, il exécuta une feinte, tenta de s'enfuir, puis renonça. Il se figea, terrorisé, comme un lièvre à la merci du chasseur. Ludger s'en approcha sur la pointe des pieds, tandis que les autres restés en retrait appréhendaient le drame. Les *allons-y* et les hauts cris de mise à mort de la veille avaient cédé la place aux halètements des chasseurs essoufflés par la peur et la course. Les deux hommes se parlèrent l'espace de quelques secondes. Mais personne n'entendit leurs propos. Après l'avoir forcé à s'agenouiller sous la menace du double canon de son fusil, Ludger abattit Mathiews d'une décharge de chevrotines en plein torse. Il était midi juste. Le bruit sourd du coup de feu claqua dans tout le village. Les sonneries de l'angélus, mêlées aux cris des cochons se vidant de leur sang, ne parvinrent pas à étouffer la détonation résonnant encore dans ma tête », avait conclu le témoin.

Le geste fou de Ludger devint le premier crime connu dans le canton. Malgré cela, la justice officielle ne se mêla pas de l'affaire. Depuis, le remords hante le village, tandis qu'Aurèle et Martin s'accusent mutuellement en silence d'incarner Ludger, à l'époque justicier officiel de la paroisse. Chacun rivalise de subtilité pour mieux culpabiliser l'autre.

De l'avis de la plupart des habitants de la région, le vagabond était innocent. Tout le village, devenu complice par son silence, alla trouver refuge pour sa conscience troublée sous la soutane du prédécesseur du curé Boucher qui n'osa jamais plus aucune allusion publique à la mort de Mathiews, jusqu'à ce que la mort le surprenne à son tour, un matin de Noël, dans son confessionnal.

Aurèle est soulagé. Pour une fois, il se réjouit d'entendre grincer les portes. Son cousin s'en va enfin. Il quitte l'église. Le bedeau trouve que Martin a hérité du sang-froid et de la violence du grand-père, bien que la plupart des villageois l'aiment pour son tempérament chaleureux. Grâce à sa voix douce et chaude, Martin rend les messes du curé Boucher moins pénibles, surtout lorsqu'il incite les paroissiens à chanter en choeur avec lui. À ces moments-là, tous, excepté le bedeau, se régalent d'un chant grégorien moins indigeste. Il y va de séduisantes improvisations au grand déplaisir d'Aurèle qui s'en plaint constamment.

Martin s'ingénie à plaire à son auditoire, à le détourner du curé. Même les religieuses, discrètement bien sûr, l'encouragent dans son audacieuse entreprise d'enjoliver les partitions musicales sacrées.

Chapitre quatrième

Odiluce arrive à la hauteur de la côte du cimetière, juché sur une colline de terre mouvante. En levant la tête, elle remarque la gelée qui s'est infiltrée pendant la nuit dans les nombreuses fissures de la côte. Dans peu de temps, ses parois se recouvriront d'un mur de glace tortueux solidement noué entre les racines, la pierre et le sable. Depuis toujours, l'éboulis menace à cet endroit. Le printemps dernier, pendant la fonte des neiges, on avait craint le pire: la côte s'était dangereusement lézardée. Le jour comme la nuit et pendant une semaine, tous les hommes du village avaient dû travailler fort pour colmater le flanc de la petite colline.

Du chemin principal, Odiluce réussit à voir l'extrémité des plus grandes épitaphes de la première rangée. Elles font face à la mer et bon nombre portent des noms de capitaines de navires: capitaine Horace Blutôt, capitaine Jérémie Tremblay, capitaine Rosaire Gagnon, capitaine Xavier Racine... Ces noms de famille, tous coiffés du grand titre de marin, sont les plus honorés. Loin, à l'arrière, vers les bois, dans l'ancienne partie du cimetière, la dignité des grands monuments en fer noir ciselé contraste avec la simplicité des petites croix grises sous lesquelles disparaissent ceux et celles qui durent quitter le monde sans l'avoir connu. Les villageois choisirent l'emplacement le plus merveilleux de la région pour y enterrer leurs morts. L'orgueil et la fierté du village s'ancrent sur cette colline crevassée. Le point de vue y est superbe.

Mathiews repose là-haut, tout juste à proximité du cimetière de la fabrique. Il fut mis en terre par Joachim, le fossoyeur, le jour même de l'homicide. « J'étais affolé. Son corps était encore chaud quand je l'ai poussé dans la fosse. Pour la première fois, j'avais peur d'un mort. Je l'ai enseveli sans cérémonie et sans cercueil. Sur son visage, y avait encore de la sueur, mais peu de traces de souffrance. Ses poings fermés sur le thorax cachaient sa blessure. Y avait aussi une marguerite coincée entre ses dents... sûrement sous le coup de la douleur! » Joachim ne retira pas la petite fleur au coeur jaune rosée de sang. Le fossoyeur avait reçu l'ordre formel d'enterrer les restes au plus vite et profondément. On avait aussi insisté pour que la dépouille repose hors du quadrilatère réservé aux catholiques.

Seul l'emplacement des restes de Mathiews ne donne pas sur la mer. Ce droit, pourtant reconnu à tous, de surplomber éternellement leur village, leur mer et ses horizons après la mort, l'étranger en est privé. Les Maillardiens n'accordèrent à Mathiews qu'un lopin de terre constamment saccagé par les ours attirés par les fraises des bois et les bleuets.

Odiluce monte au cimetière presque tous les mois, habituellement les vendredis, à condition que la glaise de la côte ne soit pas transformée en bourbier par la pluie. Elle accepte mal que le corps de Mathiews ait été jeté dans une fosse hors des limites officielles du cimetière. Deux planches rivées l'une à l'autre, avec comme seule inscription MATHIEWS L'INNOCENT, situent à peu près l'endroit où le corps fut abandonné, il y a moins de vingt ans.

C'est Camille, le grand frère d'Odiluce, qui érigea l'écriteau sur la tombe lors d'une nuit claire. Elle lui avait demandé de donner une « véritable épitaphe » à la demeure de Mathiews, « pour qu'on se souvienne ». Un soir de pleine lune, alors qu'il faisait presque jour sur la colline, la nuit se diluant en un long crépuscule, Camille se rendit au désir de sa soeur sans réclamer d'explications. Respectueux de son monde intérieur, jamais il n'a cherché à savoir pourquoi elle s'intéressait tant à ce vagabond mort depuis longtemps. La manoeuvre clandestine constitue un secret bien gardé qui resserre encore les cordes de l'amitié et de la complicité.

Personne n'osa toucher à l'écriteau soudainement apparu. Il rappelle le meurtre et culpabilise tous les habitants. Certains racontent que c'est probablement l'un des descendants de Ludger qui a procédé à l'inscription de fortune. Odiluce s'en réjouit. À la Toussaint, elle projette de s'attarder sur la tombe et de s'y recueillir au vu de tous. Jamais quelqu'un n'a prié devant témoin sur la tombe camouflée par les hautes herbes.

Cette veille de la fête des morts, au moment où les parents et amis des disparus fouleront les sentiers du cimetière, elle se promet de bousculer les consciences. Elle aperçoit déjà les plus anciens la lorgner et lui signifier leur désapprobation. Une fois encore, Odiluce affronte ses concitoyens sur le seul territoire de ses pensées et de son imagination, en ces lieux rassurants, en proie à la colère et à la peine. En faisant un ou deux pas dans la côte pour mieux voir au-delà, elle continue son tableau imaginaire:

« Les murmures hypocrites se mêleront aux prières automatiques. Comme à l'accoutumée, le curé se fera admirer! Il bénira pompeusement les sépultures. Je le vois inviter les vivants à demander à Dieu le repos de l'âme de ceux, qui, de toute façon, ne réclament plus rien. Celui-là, je l'attirerai à mes côtés, puis l'entraînerai sur le sol interdit. Je l'obligerai à y disperser son eau bénite. Les autres le suivront bien. »

Nerveuse et angoissée, Odiluce se représente un vaste cercle humain en formation, les villageois déployant à l'unisson leurs parapluies noirs.

« Il mouillera à la Toussaint, mais ils viendront tous! Cette fois, je ne renoncerai pas à mon projet. Il faudra que le frère soit là... Surtout lui. J'irai jusqu'au bout... au bout! »

Crispée par l'angoissante scène qu'elle vient d'imaginer, Odiluce tente de retrouver un peu de sérénité, desserre les dents et s'efforce de sourire. Son pas devient sautillant. Elle allonge sa foulée. Comme elle avait ressuscité plus tôt le grand-oncle et son équipage engourdis dans le lit du fleuve, elle cherche encore plus loin en elle et réussit presque à donner forme à Mathiews.

Outre le frère Côté, le grand-oncle d'Odiluce avait été le seul à accepter l'étranger au village. Il semble qu'il lui ait proposé de naviguer à bord de *L'Eugénie*. Mais, le naufrage survint avant que Mathiews ne prenne son poste.

« Le jour où je cesserai de penser à eux, ils ne seront plus rien, tout à fait morts. Tant que je persiste à leur conserver une place dans mon coeur et dans chacun de mes gestes, ils survivent. Ils m'aident à chercher. Je trouverai. »

Chapitre cinquième

L'été, au coeur de la saison de navigation, alors que les garçons de plus de quinze ans naviguent avec leurs aînés, la population de Maillard se compose aux trois quarts de femmes et d'enfants. Les hommes sont moins nombreux, la mer ayant été particulièrement meurtrière ces dernières années. Trois grandes familles ont été décimées en autant d'automnes.

La peur fait aussi ses ravages; chaque fin de saison de navigation ramène des hommes moins orgueilleux et davantage secoués par les tempêtes. Les plus éprouvés renoncent à la mer et achèvent leur vie à bûcher dans la montagne. Les moins malchanceux demeurent en contact avec elle tout en évitant ses dangers: ils se font constructeurs de goélettes. Cruels, parce qu'ils connaissent peu de chose de la peur, les enfants ne manquent pas de rire de la douleur des vaincus, humiliés à tout jamais.

Pendant que les navires pansent leurs plaies et languissent en cale sèche, grisées de passion, de désir et de crainte, les femmes se laissent féconder par des loups de mer fougueux. Mais, avant qu'elles n'accouchent, leurs amoureux d'hiver sont repartis naviguer sur le Saint-Laurent. Plusieurs n'atteignent même pas la quarantaine. Elles rendent l'âme en enfantant, comme la mère de Jean.

Trois goélettes à quille échouées dans le sable et sur les roches s'appuient les unes contre les autres. Elles donnent l'impression de se consoler des ravages subis pendant les bourrasques. Bientôt, si le froid et la neige se manifestent prématurément, les glaces les souderont ensemble pour tout l'hiver. C'est l'heure du grand retour; d'ici peu, leurs jumelles et les sloops attardés en mer s'entasseront doucement en rangs de sardines du côté nord du quai, dans l'anse, à l'abri des grands vents. Odiluce se demande combien retourneront vers le grand large, le printemps venu.

La *Mary Lucia*, rentrée discrètement la première, ne repartira plus. Elle repose aux abords du quai, comme affalée pour l'éternité. Odiluce la reconnaît à sa poupe taillée en biais. Le tout Maillard s'est convaincu qu'elle ne se relèvera plus de son lit de glaise. La goélette à fond plat du grand frère d'Odiluce a l'air tellement épuisée. Camille n'a plus les moyens financiers de la sauver, de la tenir à flot. Il doit sa chemise aux créanciers du canton. Son visage émacié par le surmenage a surpris tout le monde. Il est très nerveux. Personne n'ose prédire ce qu'il en adviendra. Amoureux fou de son navire, il refuse de croire ceux qui l'avertissent que les flancs de son bateau s'affaissent. Comme si de rien n'était, Camille continue d'affirmer à tous ceux et celles qui consentent encore à l'écouter un peu sans se moquer que la *Mary Lucia* se porte comme une *jeune mariée*. Il en parle avec assurance, tendresse et fierté, allant jusqu'à la comparer aux steamers. Par charité ou par faiblesse, la plupart le laissent rêver. Seuls les mâts, selon lui, demandent de petites réparations. En vérité, ils menacent de se briser comme du bois sec. Le moindre coup de vent les ferait s'écrouler. Ils seraient incapables de résister aux lourdes charges. La roue à gouverner ne tourne plus. Les chaînes s'entrelacent dans les poulies et le tambour blanchi de sel s'émiette.

Odiluce s'arrête un instant et se retourne vers le quai pour mieux ausculter des yeux la *Mary Lucia*. Persuadée que Camille ne supportera pas de se séparer de sa goélette, elle voudrait bien donner au navire un regain de vie qui lui permettrait de reprendre sa route d'eau, le printemps prochain. Camille non plus n'a pas d'aplomb. Autrefois, à ses retours de mer, il faisait virevolter Odiluce comme une toupie dans ses bras. Cet automne, rien. Il ne l'a pas fait danser. « Camille se tient moins droit, se courbe au rythme de son navire, pense Odiluce. Ira-t-il lui aussi travailler dans le bois? Aura-t-il la force de bûcher au froid et de retenir les chevaux qui lui font si peur? Imitera-t-il le père de Jean qui s'est laissé mourir d'un chagrin d'amour dans la neige poudreuse au sommet de la montagne, pourtant là pour nous protéger? »

Odiluce a navigué plusieurs étés à bord de la *Mary Lucia*. Confinée à la cuisine et forcée de tenir propres les cabines, elle continue d'en vouloir secrètement à Xavier de lui avoir interdit la barre. Parfois, surtout pendant que le capitaine, allongé au soleil sur les chargements, cuvait son alcool de contrebande, Camille lui cédait la roue; mais uniquement par beau temps et en plein jour. Elle aurait tant aimé affronter les humeurs de la mer. L'image de Xavier la bravant lui revient. Le capitaine incontesté de la *Mary Lucia* blasphème à pleins poumons aux commandes. Il sème la terreur au sein de l'équipage et effraye les rares passagers en défiant Dieu et Diable de lui arracher le contrôle du navire. Le bateau craque de partout. Dans les moments les plus éprouvants, pour se rassurer, il hurle une douce chanson: « Filez, filez, ô mon navire, car le bonheur m'attend là-bas. Filez… filez… » Odiluce fredonne.

Xavier se tua accidentellement dans le port de Rivière-du-Loup. Il craignait à ce point la mort qu'il avait juré de l'affronter en riant le moment venu. Il tint parole. C'est ainsi qu'en plein soleil, au beau milieu d'un superbe et torride dimanche après-midi de juillet 1907, il rata la passerelle, culbuta mollement sur la coque de son bateau et plongea la tête la première dans six pieds d'eau d'une marée descendante. Le soir même, à marée basse, on retrouva son corps. Il était enfoui dans la vase jusqu'à la taille et les algues le recouvraient presque entièrement. Xavier arborait son sourire provocateur, malgré les boursouflures qui lui déformaient le visage.

Odiluce ne ressentit aucun chagrin à la mort de Xavier. Il lui apparaissait inévitable qu'il finisse ainsi. Le pire avait été évité: elle avait redouté le naufrage de la *Mary Lucia* et de son équipage entre deux vagues à la manière de celui de *L'Eugénie*. C'est à Camille que revint la responsabilité de prendre soin du navire. Mais le rêveur malchanceux en fut incapable.

Reprenant sa marche, Odiluce se laisse distraire par la chute des feuilles mortes qui préparent le sol de Maillard pour la première neige. Le chemin du quai s'abandonne toujours le premier à l'automne: brodé de peupliers et d'érables, il se laisse rougir pour cacher les traces de l'été. Sur un quart de mille, feuilles et brindilles de toutes sortes épaississent l'eau de pluie. Le chemin du quai, comme un faisceau lumineux, montre la voie à suivre, la direction du temps, de l'avenir, des autres pays. Il invite Odiluce à fuir.

Chapitre sixième

Odiluce s'approche avec précaution d'une magnifique maison blanche au toit de tôle garni d'une dentelle de bois. C'est là, dans cette résidence noble et dépouillée, entourée de mystère, qu'habitent Jeanne et ses enfants nains. Elle y enferme le plus petit et le plus rondelet d'entre eux, Émile, jumeau d'Émilien, l'homme à tout faire de la fabrique.

Récemment, Donatien tenta de forcer la porte de Jeanne. Mal lui en prit car il fut accueilli par un concert de protestations. Les nains, avec leur voix de crécelle, crièrent à tue-tête, comme si on les écorchait vifs. Le boucher-maire eut si peur qu'il déboula le long escalier de bois reliant la galerie au chemin. Le souci de recueillir des votes pour assurer sa réélection, pourtant gagnée d'avance, l'emporta sur son inquiétude de rendre visite à Jeanne. Il courut le risque. L'histoire de sa mésaventure se répandit très vite dans tout le canton. Odiluce en fut ravie.

Jeanne interdit à quiconque de s'approcher de trop près de son envoûtante et étrange demeure, à plus forte raison d'y pénétrer. En guise d'avertissement se trouve accroché, à la seule fenêtre non protégée par des persiennes, un store sur lequel une tête de chien enragé a été dessinée. « *Gare au chien-loup* », peut-on lire dessous.

L'inscription est là depuis longtemps. Cependant, personne n'ignore qu'aucun chien ni aucun loup ne garde la maison. C'est davantage le mystère entourant la naissance des nains qui constitue le meilleur gardien.

Odiluce s'étire le cou et cherche à voir dans la maison qu'elle aime. Elle demeure prudente bien qu'il ne s'agisse pas d'une première tentative. Contrairement au sort qui guette les autres dans de telles circonstances, elle n'a jamais été repoussée et semble jouir d'un statut particulier.

Le front collé contre les lattes des persiennes, Odiluce a du mal à voir entre les fentes. Tant bien que mal, elle distingue deux petits berceaux de bois et un grand carrosse de bambou. Elle a l'impression de connaître ces objets depuis toujours. Le carrosse aurait été offert à Jeanne par un parent d'Europe. C'est dans cette voiture qu'elle promenait ses enfants, refusant de reconnaître leur infirmité malgré la disproportion de leurs membres. Les autres Maillardiens l'avait remarquée, eux.

Animée par le seul rêve de mettre au monde des enfants merveilleux, Jeanne avait épousé le garçon le plus courtisé par les filles de Maillard. Mais seuls les yeux attendrissants de ses fils devaient répondre à ses voeux. La nature avait irrémédiablement négligé le reste de leur corps. Le jour où Jeanne découvrit leur véritable état, elle devint encore plus folle et s'enferma avec eux. Depuis, elle les couve comme des nourrissons.

Certaines commères du village vont jusqu'à laisser croire que Jeanne et Hubald ne consommèrent jamais leur mariage. C'est Alma, la ménagère du curé, qui en parla la première. « Dès sa nuit nuptiale et malgré les désirs charnels qu'on lui connaît, Jeanne se refusa à son époux. Il s'acharnait sur elle comme une bête sauvage! » D'autres femmes ont affirmé l'avoir entendue crier, se plaindre, gémir. Pourtant, aux dires de tous, Hubald était encore plus tendre que beau, « comme de la soie dans ses rapports avec tous ».

L'ancien curé de Maillard soutint, quant à lui, une version semblable à celle des commères et ne se gêna aucunement pour la répandre du haut de sa chaire. « L'un de nos meilleurs et plus vaillants garçons a déjà perdu la tête à cause de la boisson. La beuverie et le désir l'ont rendu semblable à la bête! » Les plus vieux paroissiens se souviennent de cette déclaration qu'il répéta souvent en proférant des menaces d'excommunication contre ceux et celles qui s'adonnaient un peu trop à la bouteille.

Étonnant, car il semble que le curé participa à la noce avec le sourire aux lèvres et sans rien trouver à redire sur le petit blanc qui coulait à flot. Odiluce tient cela de son grand frère. Selon Camille, qui se tourne la langue sept fois dans la bouche avant de dire du mal de quelqu'un, « ce jour-là, il était trop occupé à me convaincre, avec ses caresses gênantes, de me consacrer à Dieu! »

Curieusement, les enfants de Jeanne ne reçurent pas le sacrement de baptême le jour de leur naissance comme l'exigeait la coutume. Le curé fut introuvable. Plus tard, il prétendit avoir administré l'extrême-onction à un mourant. « Bien inutilement, pense Odiluce, puisque le mourant a survécu et qu'il se porte comme une rose. » Il s'agit de Joachim, l'ex-fossoyeur de Maillard, personnage à la fois attachant et chicanier très souvent impliqué dans des imbroglios.

Personne n'a le moindre souvenir de ce que Joachim ait souffert de quelque faiblesse que ce soit, encore moins frisé la mort de près. Les nouveau-nés ne furent baptisés que plusieurs jours après leur naissance, et c'est un prêtre en visite qui versa l'eau sur leur front. À cause de cela, depuis toujours, les villageois qualifient les enfants de Jeanne de « réchappés des limbes ».

Hubald se replia sur lui-même et fut la risée des jeunesses. Jusqu'à sa mort, il prit grand soin des nains auxquels il ne ménagea pas son affection. Malgré les doutes de tout le village sur l'origine des enfants qu'il chérissait, Hubald ne laissa rien paraître de son malaise et ignora les commérages. Il montra à Émilien comment se servir de ses outils et en fit un habile ouvrier.

C'est en tentant de maîtriser l'effroyable incendie qui rasa la première église de Maillard que Hubald périt. De l'édifice, il ne resta que les grandes portes rouges et blanches, celles dont les grincements énervent tant Aurèle. Par une étrange ironie du sort, c'est Émilien, le nain habile, l'apprenti doué, qui achève de reconstruire cette église sur les cendres de l'ancienne, où Hubald a perdu la vie.

Hubald ne confia jamais à personne la nature de ses relations avec sa femme. Odiluce voudrait bien en parler avec Jeanne pour mieux comprendre les événements d'autrefois, mais c'est impossible: *La belle veuve de Maillard*, comme on l'appelle, n'a plus toute sa raison, et sa mémoire se perd dans les méandres de la folie. « Que retenir de tous ces racontars? se demande Odiluce. Que garder des vérités et des mensonges qui enveloppent le mystère de la naissance des nains? Qui étaient ces ombres qui rôdaient autour de la maison de Jeanne la nuit de l'accouchement? »

Vingt ans après les événements, Jeanne délire toujours pendant des heures et des heures toutes les nuits. On l'entend chanter très fort en s'accompagnant à l'harmonium et gémir des berceuses pour ses fils. Plusieurs croient qu'elle les berce encore; comme tout de suite après leur naissance. On dit que c'est pour cette raison qu'Émilien ne veut plus rentrer chez lui une fois l'obscurité tombée, préférant coucher près de la fournaise dans la cave de l'église. Il se refuse à ce jeu, tandis qu'Émile, son frère, se laisse volontiers dorloter. Lui, il est difficile à apercevoir et, les rares fois qu'Odiluce l'a surpris, c'était très tôt le matin, autour de six heures et demie. Un matin, elle l'a vu prendre plaisir à s'enfouir dans le tas de feuilles que la montagne déverse derrière la grande maison blanche. Mais, sitôt qu'il l'a aperçue, il a plongé sous le tas et n'a plus bougé jusqu'à ce qu'elle s'en aille.

Ce matin, Odiluce reste longtemps le front collé contre les persiennes et son coeur se serre plus fort que les autres jours. Elle ne découvre pourtant rien de nouveau. Rien ne bouge dans la maison ni autour. Elle n'entend aucun bruit.

Soudain, une goutte de pluie échappée de la gouttière lui éclate sur le bout du nez. L'eau glacée la saisit et la force à reculer. Elle s'en va.

Chapitre septième

Au fur et à mesure que le jour achève de se lever, le village s'éveille. Les rideaux des fenêtres s'écartent à intervalles réguliers. Les volets s'ouvrent afin de laisser la clarté se faufiler jusqu'au visage des femmes affairées à habiller les enfants.

Beau temps, mauvais temps, l'ouverture des portes de la forge d'Eugène Dufour donne le signal de départ à l'activité quotidienne de Maillard. Les senteurs des chevaux en sueur et du crottin se mêlent aux odeurs des flammes qui se tordent dans les fers. Odiluce s'est arrêtée. Elle se sent frondeuse.

Le commerce d'Eugène se veut la grande place du village. On y transige sur tout, et chacun y va de sa rumeur, mensonge ou vérité. Au rez-de-chaussée de la maison de trois étages, la politique accapare la plupart des conversations que tiennent les hommes. Ils se mesurent et lorsque le maire trouve là un auditoire disposé à l'écouter et à l'endurer, il se fait un devoir de déclamer de longs et laborieux discours sans queue ni tête. Chacun regrette très vite de s'être laissé prendre. Ce matin, Donatien est passé tout droit, contrairement à son habitude.

« Il avait le feu pris dans le fond de culotte! »

Malgré ses cinquante ans, Eugène a une voix d'adolescent et la lenteur avec laquelle il a prononcé sa phrase fait s'esclaffer ses compagnons, qui sautent sur l'occasion pour déblatérer contre le maire et sa Ford. Le hennissement des chevaux, encore sous l'effet de l'énervement provoqué par les pétarades de l'automobile, couvre la voix des hommes. Odiluce ne parvient pas à comprendre leurs paroles.

Au second étage, les femmes convoitent des tissus qu'elles s'arrachent sans pouvoir se les offrir. Elles marchandent sans avoir un sou dans leur sacoche. Elles s'amusent à faire semblant. Mais il arrive que l'offre la plus alléchante soit malicieusement retenue par Lucienne, la femme d'Eugène. Ainsi, la dernière à avoir pris le risque de fixer un prix au-dessus de ses moyens s'en retourne tête basse, encore appauvrie, étoffe sous le bras, écrasée par une dette envers une Lucienne satisfaite d'avoir encore une fois gagné la partie.

Sur les longs comptoirs d'érable ciré, s'étalent pêle-mêle les coupons à rabais. Hiver comme été, Lucienne roule et déroule sans cesse les mêmes rouleaux de tissus poussiéreux et démodés. Elle répond inlassablement aux mêmes questions, comme s'il s'agissait d'une primeur, débitant une argumentation cent fois servie. Seuls les prix changent quelque peu: Lucienne discute, se plaint des difficultés de la vie, de sa misère à joindre les deux bouts. Puis, à bout de fausses justifications, elle hausse les épaules, simule l'impuissance.

Lucienne trompe le village entier: elle tire prétexte des exigences de son mari pour justifier sa façon de commercer. Sous des allures de servante du bon Dieu et de femme dévouée à Eugène, elle humilie sans crainte de représailles les autres femmes de Maillard. Même secouée par une quinte de toux chronique qui résonne comme un glas dans le magasin, Lucienne s'amuse toujours à noter dans ses calepins de comptes que l'une ou l'autre lui doit une livre de sucre, des clous, du beurre, de la moutarde, du tissu à la verge... Et c'est en rouge que figurent les noms des endettées. Elles aboutissent toutes sur la liste noire collée, bien en vue, sur les parois d'acier de la balance.

Soudain, Lucienne s'excuse auprès de ses clientes. Ses mains tremblotent. En proie à une nouvelle crise d'angoisse, elle se fraye péniblement un passage entre les boîtes de marchandise et se dirige, chancelante, jusqu'aux fenêtres embuées. Elle en ouvre une et s'y penche en croisant les bras sur sa poitrine aplatie par une robe de taffetas rouge vin. Lucienne a grand besoin d'air frais: elle souffre de consomption et se meurt dans l'odeur du camphre. Son estomac se noue et ses traits se durcissent. « Non! Seigneur, encore elle! »

Au garde-à-vous comme un soldat de plomb et empiétant, par surcroît, sur le terrain d'Eugène, Odiluce heurte le regard de la vendeuse de coupons. Elle s'accroche à ses yeux rougis et s'y installe avec arrogance. À nouveau, les regards et les pensées des deux femmes s'enchevêtrent. Tel un oiseau épuisé par le froid et la maladie, Lucienne cède à l'attaque. Comme hypnotisée, elle se soumet, gênée de ne pouvoir résister.

C'est jeudi aujourd'hui, première semaine d'octobre. Lucienne croit comprendre pourquoi Odiluce la défie de cette façon. Pendant plus de quinze ans, ce jour-là et à peu près à la même heure, Louisa s'était présentée au magasin général pour laver les planchers. Lucienne avait abusé longtemps et méchamment de la pauvreté dans laquelle végétait cette femme. La présence d'Odiluce et son attitude lui font revivre l'un de ces moments où elle humilia Louisa. Ce matin d'hiver, Louisa s'éreinta à la tâche et s'écroula sur son seau d'eau, épuisée, brisée. Lucienne se souvient parfaitement de s'être moquée de sa douleur et s'efforce de regretter de l'avoir traitée d'impotente. Elle entend encore la voix des autres femmes jointes à la sienne et sommant Louisa de cesser de se plaindre et de se redresser rapidement. Intéressées par d'éventuelles faveurs, ses complices riaient à gorge déployée. La petite Odiluce était présente et releva, non sans peine, Louisa.

« Ne reste pas là, Lucienne! Ferme les fenêtres. Avec un froid pareil et cette humidité dans l'air, tu vas attraper ton coup de mort!... »

Eugène n'obtient pas de réponse. Alerté par une cliente du malaise de sa femme, il s'est précipité à l'étage du magasin, craignant le pire. Le docteur Simard, venu de toute urgence de La Malbaie pour Lucienne, la semaine précédente, l'a prévenu. « Elle peut s'effondrer d'un moment à l'autre. Après, tout ira très vite! »

«... Mais qu'est-ce que tu regardes encore comme ça en bas?

— Tu le sais bien mon mari. C'est pas nouveau... fais pas l'innocent! Je savais qu'elle flânait en face... je le sens chaque fois qu'elle s'approche de la maison!

— Écoute Lucienne... ça ne sert à rien de vivre toujours dans le passé. Il faut que tu te ménages! »

Eugène s'approche de la fenêtre. Il prend soin de rester en retrait. Pendant ce temps, les clientes en profitent pour fouiller dans les marchandises.

D'en bas, Odiluce, qui ne voit que la commerçante, soutient son attaque, manie ses meilleures armes: un regard direct et le silence.

« Regarde, Eugène, elle porte encore le manteau que j'avais donné à Louisa. J'ai aussi été charitable, tu sais! »

Lucienne chasse ainsi ses remords en passant en revue le bien qu'elle a pu faire.

« On lui a donné du travail pendant des années! Si je n'avais pas été là pour l'aider après le décès de son infidèle mari, je me demande comment elle aurait nourri cette fille-là », dit-elle en pointant Odiluce. Je suis sûre que Louisa était folle... comme sa soeur Jeanne! Tu le penses toi aussi, non?

— Cesse de parler comme ça, Lucienne! On pourrait penser que le regret te rend encore plus méchante. Ta jalousie a fait assez de mal comme ça autrefois! À force de détester la beauté des autres femmes, tu deviens laide! »

Lucienne tire un mouchoir de sa manche, puis s'éponge le visage, en jetant un coup d'oeil interrogateur à son mari qui prend garde de ne pas être vu d'Odiluce. Il l'observe un moment. Elle l'a toujours fasciné.

« C'est vrai qu'elle n'a rien de Xavier ni de Louisa. À part sa beauté, elle n'a même pas un petit air de famille! Il n'y a qu'elle pour nous regarder comme ça! C'est à la fois insupportable et enjôleur. Difficile de l'approcher et de la voir de près. J'ai la conviction qu'elle ne montera plus jamais ici. On dirait une étrangère... une véritable étrangère! »

Lucienne n'aime pas le ton admiratif de son mari, mais renonce à lui en faire la remarque. Appuyée au châssis de la fenêtre, elle grelotte. Une sueur froide cherche sa route dans les rides profondes de son front luisant. Elle serre davantage les bras en frémissant: un courant d'air longe ses bras jusqu'aux épaules. Les reproches d'Eugène semblent vouloir porter fruits. Elle parle de Louisa sur un ton moins dur.

« Louisa était tellement rêveuse, distraite! Tu te souviens, Eugène, les heures et les journées entières qu'elle perdait ici à feuilleter les catalogues? »

Eugène apprécie le ton radouci et même attendri. Il pense qu'il n'aurait jamais cessé de l'aimer si elle avait toujours été ainsi, « comme dans sa jeunesse ». Mais ça ne dure pas. La bouche de Lucienne prend le pli de l'amertume et ses yeux brillent de malice.

« Faut croire qu'elle rêvait de beaux souliers et de fourrures pour séduire les hommes... surtout les étrangers! Plus on est pauvre, plus on désire ce que l'on ne peut pas se payer... plus on devient envieux!...

— T'es pas bien riche en bons sentiments!

— ... J'ai toujours cru qu'elle ne besognait pas pour obtenir du crédit au magasin, mais bien plus pour toucher aux tissus! »

Les poings fermés dans les poches rugueuses de son manteau de laine, Odiluce presse contre sa hanche la boule de papier ciré qui contient les seules confidences que Louisa lui ait faites vraiment.. Elles sont écrites au crayon de plomb sur le papier brun. Odiluce ne s'en sépare jamais. Seule à en connaître l'existence, elle considère ce document comme le testament de Louisa.

Avant de disparaître à l'aube du Vendredi saint, l'année suivant la noyade de Xavier, Louisa abandonna sous l'oreiller d'Odiluce une lettre remplie d'amertume et de chagrin. Il n'est plus guère possible de déchiffrer les phrases, tellement Odiluce les a tournaillées dans la paume de ses mains. Les mots sont altérés, usés. Peu importe. Elle les connaît par coeur:

« Au moment où tu lis cette lettre, l'eau salée a déjà gonflé mes poumons. Je suis morte. Mon corps se balance entre les courants du fleuve. Je m'y suis jetée sans crainte et sans peur pour rejoindre Xavier, à qui, de son vivant, j'aurais voulu dire une chose importante. C'est aussi par faiblesse que je meurs. Je n'ai plus le courage de me battre et de me défendre. À quarante ans, je me sens comme

si j'en avais le double. J'ai l'impression de porter un siècle sur mes épaules. La seule et véritable façon de faire face à la vie, c'était de mourir dignement au bout du quai d'où je me suis lancée à la marée haute ce matin.

« Avant de m'en aller, je devais te parler, mais je crains fort de te bouleverser. Le jour de ta naissance, il s'est passé des choses troublantes. Je crois que... »

Odiluce ouvre les poings et tente d'oublier la lettre de Louisa. Elle examine la maison d'Eugène perchée prétentieusement sur une butte qui domine l'ensemble du village. Sans style, si ce n'est qu'elle ressemble à une immense boîte à beurre aux parois mal imbriquées les unes dans les autres, la demeure des Dufour fut érigée par trois générations de gens d'affaires pressés d'empiler les étages afin d'afficher leur supériorité et leur puissance. Mais, c'est surtout pour dévorer un superbe panorama qu'on se présente devant chez Eugène les dimanches. Une fois sur la butte, on se dépêche de tourner le dos à la maison pour critiquer les propriétaires.

La butte a été surnommée *le refuge* même si Lucienne repousse les visiteurs que ses produits n'intéressent pas. Elle leur crie à tue-tête que « cette demeure et ce grand terrain appartiennent à son mari ». Elle prétend avoir été nommée gardienne des lieux par lui et prétexte du même souffle le bon entretien de la place pour se justifier. La butte est jonchée de mauvaises herbes et regorge de rhubarbes du diable, pleines de poison. Une dizaine de pommiers encadrent la résidence. Chétifs, ils supportent mal leurs fruits. Très tôt dans la saison, les pommes vont se confondre avec les centaines de roches brunâtres qui parsèment le terrain. Les autres finissent dans le ventre des cochons qui attendent leur ration quotidienne, agglutinés dans la cour arrière du magasin général.

La butte attire autant que le perron de l'église, même si ces deux points de ralliement entretiennent la crainte. Aux deux endroits, il convient de se soumettre aux caprices des maîtres. Sur le territoire du curé, on effraie autant que l'on rassure avec le commerce du ciel et de l'enfer, tandis que, chez Eugène, le pouvoir de nourrir détient les insoumis en otages.

Eugène se prépare à retourner dans sa boutique après avoir refermé les fenêtres du magasin. Lucienne se cache derrière les draperies couleur d'olive. Cette fois, elle s'est retenue de lancer l'ordre habituellement destiné à ceux qui ont le malheur de reprendre leur souffle sur son terrain. Personne n'a jamais osé résister aux renvois, de peur que Lucienne leur refuse de nouveaux crédits.

Les deux mains croisées à la hauteur du cou, la marchande continue de se demander à voix basse pourquoi Odiluce s'acharne tant à la provoquer.

Chapitre huitième

Odiluce tourne le dos à la maison d'Eugène, mais décide de rester sur son terrain afin de scruter l'ouest. Il n'est pas courant pour les villageois de regarder longtemps de ce côté pour chercher le temps qu'il fera en interrogeant le firmament. En raison de la nécessité quotidienne de détecter les fréquentes agressions des vents du nord-est, c'est plutôt dans cette direction que se tournent les regards.

Dès que le nordet menace, les hommes vont attacher solidement leur goélette au quai. Pendant ce temps-là, les femmes allument des lampions pour protéger les marins qui ne sont pas encore rentrés. Lorsqu'il devient impossible de distinguer clairement les bordures de l'île aux Coudres, le mauvais temps guette. Les rafales du nord-est frappent habituellement dans les heures suivantes. L'île fait l'objet d'une veille continue, comme si la terre n'allait pas plus loin.

Odiluce trouve reposant de chercher vers l'ouest, même si cette habitude prête à des commérages et à des interprétations de toutes sortes. Outre le cimetière, la butte d'Eugène constitue le seul endroit à Maillard d'où l'on peut apercevoir entièrement la côte de la Grande-Pointe. Le village prend fin sur ce grand bras de terre rocailleux qui s'allonge sur les battures, sur les rives d'une pointe où les navires s'échouent trop souvent, où tant d'hommes périssent.

« Quelle immensité! » Odiluce respire profondément pour se nourrir du vaste espace qui s'éclaire devant elle. La bataille quotidienne livrée à Lucienne l'a fatiguée.

Le soleil continue de réchauffer le fleuve à travers le brouillard. Le jaune et le mauve se disputent la surface de l'eau. Au loin, à l'ouest, entre les jets de lumière, perce laborieusement le clocher d'une chapelle construite il y a longtemps. Dès qu'il apparaît, le chagrin s'installe de nouveau dans le coeur d'Odiluce. La peine s'y incruste à la manière d'une sangsue tenace. Le temps bascule.

La chapelle de la Grande-Pointe s'affaisse doucement, même si son clocher, encore brillant, trouve toujours la force de percer le temps. Il semble qu'elle aurait été érigée à la mémoire des marins disparus. Mais on ne s'entend pas sur les vraies raisons de son érection. Plusieurs versions circulent. Depuis que le vieux frère a quitté Maillard, personne n'a voulu en assumer l'entretien. C'est dans ses environs que Mathiews fut aperçu pour la première fois à Maillard. Ce serait lui qui l'aurait construite, à en croire la version la plus répandue.

Odiluce fait de la redécouverte quotidienne de la Grande-Pointe une commémoration de l'arrivée de Mathiews. D'après certains, il pourrait bien être venu du Newfoundland, tandis que d'autres prétendent et vont même jusqu'à jurer qu'il était fils d'Irlande, « un révolutionnaire chassé de son pays ». Plusieurs lui en voulurent longtemps d'avoir érigé la chapelle. L'ancien curé de Maillard, l'abbé Fortin, s'était déclaré outragé de cette initiative: « Deux clochers, deux résidences pour un seul Dieu dans un si petit endroit risquent de déchirer le pouvoir en place et de briser le délicat équilibre des forces officiellement installées depuis toujours à Maillard! »

« Mathiews ne mourut peut-être pas uniquement à cause de l'affaire du vol », pense Odiluce. Selon les notables, ce vol lui aurait permis de décorer une chapelle que ses croyances lui interdisaient d'approcher, encore plus de construire.

Après la mort de Mathiews, personne ne se risqua à pénétrer dans la chapelle. Les villageois préfèrent oublier son existence et regardent peu dans sa direction. Certains projettent de la brûler; ils ont même ouvert un nouveau chemin sur la côte pour la contourner à bonne distance.

Les portes à moitié pourries de la chapelle sont entrouvertes. Camille, chevalier servant d'Odiluce, lui a affirmé avoir tenté de les ouvrir plus grandes. Mais, au tout dernier moment, par crainte de représailles du monde des morts, il renonça. « J'ai dévalé la côte à toute vitesse en me promettant bien de ne plus jamais recommencer. » Il jura que la toiture avait failli s'effondrer sur sa tête pendant sa « courageuse » tentative. C'est en vain qu'Odiluce chercha à le convaincre d'y retourner. « Il n'avait pourtant rien à craindre! Comment le disparu pourrait-il lui en faire le reproche? Il a soigné sa tombe au risque d'être jugé par la paroisse entière! Soit, à Noël, j'irai seule. On verra bien! »

Odiluce se souvient qu'un jour, Louisa fit allusion au fait que le frère Côté aida Mathiews à construire la chapelle et qu'il était sûrement l'instigateur du projet. Ce frère n'avait pu accéder à la prêtrise à cause de son peu d'intelligence; cette frustration l'avait rendu hargneux. Rejeté de tout le monde, il s'était réfugié sur la côte pour y vivre en ermite jusqu'à la venue de Mathiews. Il semble qu'à partir de ce moment, tout changea. L'espoir revint et lui fit dire souvent: « L'arrivée de l'étranger est une grâce pour moi et, pour nous tous, une bénédiction! Enfin, quelqu'un qui me comprend et qui m'accepte comme je suis! Enfin, une âme à sauver! »

Les villageois faisaient des gorges chaudes de ce genre de déclarations. Le frère chercha maintes fois à se faire reconnaître par son évêque et lui écrivit plusieurs lettres. Interceptées et lues à Maillard même, elles ne parvinrent jamais à destination. Dans ses requêtes, il dénonçait le curé de l'époque pour son « laisser-aller » et prétendait bénéficier déjà de la confiance d'un paroissien exceptionnel, « une première conversion ».

Devant la chapelle, juste au bord de la falaise, une statue jette un regard perdu sur la mer. Elle tend les bras comme si elle soutenait toute seule le temps avec ses bonheurs et ses horreurs. C'est à l'un de ses bras que Mathiews accrochait son fanal la nuit en quittant la Grande-Pointe. Le fanal éteint indiquait qu'il était de retour à la chapelle, sa demeure.

47

Toutes les nuits, le frère attendait de longues heures le retour de son compagnon. Jamais il n'éteignait le feu avant de le voir surgir sur un petit rocher non loin de la chapelle. C'est ainsi que le fanal suspendu à la statue devint le premier phare de la Grande-Pointe, instrument essentiel pour les navigateurs de La Petite-Rivière-Saint-François, de Baie-Saint-Paul, des Escoumins et de La Malbaie. La nuit, ils alignaient les mâts de misaine sur la *Vierge du Chemin Retrouvé*: c'est ainsi que les marins la surnommèrent. Mais, lorsque Mathiews rentrait avant la levée du jour, les goélettes risquaient l'échouage. Le frère Côté se préoccupait davantage des économies d'huile que du trafic maritime. Trop absorbé par son minuscule univers, il n'eut jamais vraiment conscience de l'utilité de la lanterne.

Un jour de tempête, alors que l'alcool n'arrivait plus à maîtriser ses peurs, Xavier implora tous ceux qui jouissaient d'une place privilégiée dans l'au-delà afin de retrouver sa route. Mais sans succès; le ciel resta muet au-dessus de la *Mary Lucia* en perdition. Les crispations de la panique ravinaient son visage; plus question de fanfaronnades dans une telle situation. Mathiews était mort depuis longtemps et le vieux frère n'habitait plus à la Grande-Pointe: il avait été chassé du village et reconduit à l'hospice de Baie-Saint-Paul. Pendant ces heures de détresse, aucune lumière accrochée aux bras d'une vierge effritée, craquelée, ne luisait sur la mer. À contrecoeur, le capitaine se résigna à implorer le vieux frère bien qu'il le sût encore vivant et le détestât profondément. Il promit de le ramener au village et de bien le traiter. Terrorisé et les mains crispées à la barre de la *Mary Lucia*, Xavier expliqua avec force détails l'utilité et les origines du fanal. Il n'avait pas l'habitude de se livrer si facilement et de s'abandonner à la confidence, surtout devant la petite fille qui, pour la circonstance, l'aidait à la roue.

Si Xavier pouvait s'attendrir en compagnie d'Odiluce, il avait néanmoins des réserves à son endroit. Mais, cette nuit-là, la mort qui rôdait plus que jamais autour du navire le rendit plus attentif envers l'enfant. Le long exposé, qui prenait l'allure d'une confession inachevée, piqua la curiosité d'Odiluce. Elle se rappelle n'avoir posé aucune question et l'avoir écouté pendant plus d'une heure. Xavier parlait très fort, pour contrer le fracas des vagues sur le pont du navire. Elle entend encore claquer les battants du capot de descente. C'est aussi pendant cette tempête qu'elle en apprit davantage sur un incident qui avait isolé davantage Mathiews et le frère Côté du reste des habitants de Maillard.

Un jour, Mathiews et le frère décidèrent d'inaugurer avec pompe la chapelle. Ils eurent l'idée de faire célébrer la messe de minuit du prochain Noël à la Grande-Pointe et, pour l'occasion, invitèrent le curé à présider les cérémonies. Le frère n'en finissait pas d'annoncer à tous que le *Minuit Chrétiens* serait chanté dans leur chapelle. Le projet fut rejeté avec mépris et, devant le refus cinglant des notables de célébrer chez eux la Noël, Mathiews voulut alerter tout le monde de l'affront qu'ils leur faisaient subir. Il chercha à faire renverser la décision et s'y prit d'une manière bien particulière.

Pendant une nuit froide de fin novembre, Mathiews installa confortablement le frère sur un traîneau et lui fit traverser Maillard d'un bout à l'autre. On s'en souvint longtemps, surtout parce que le frère avait la fâcheuse manie de jouer de l'égoïne et d'imposer à tous sa musique grincheuse. Enfin honoré comme il l'avait toujours souhaité, il y alla de son inspiration la plus bruyante et la plus folle. Il joua de son instrument strident jusqu'à l'aube, protégé par les encouragements de Mathiews. Dans un festival de fausses notes, il répéta plus de cent fois le même air, *Les anges dans nos campagnes*.

Choqué et provoqué par tant d'insistance, le curé fit une sortie mémorable visant et condamnant particulièrement l'étranger. D'ailleurs, le blâme est toujours encadré et protégé par une épaisse vitre fixée sur l'une des portes de l'église:

« *La messe de minuit sera chantée ici, en ces lieux. Toute autre tentative d'accueillir la naissance de Jésus ailleurs que dans cette enceinte pourrait donner naissance à l'ennemi de Dieu et des hommes, Lucifer!* »

Il n'en fallait pas plus pour ameuter tout le canton. La sortie calculée du curé Fortin eut pour effet de foudroyer les âmes tentées par la campagne des compères de la côte. Quant aux plus peureux des Maillardiens, ils furent tout simplement terrorisés. À la suite de ces événements, le frère ne se montra plus au village.

Xavier relata aussi le départ du vieux frère. Odiluce apprit qu'on le vit pour la dernière fois à Maillard le jour où on le traîna de force jusqu'à l'hospice. Retenu par plusieurs hommes, dont Xavier, il lui fallut défiler devant une foule de curieux qui le regardèrent de travers, comme s'il s'agissait d'une bête sauvage. Parmi les hommes qui le retenaient, il y avait Ludger, l'exécuteur de Mathiews. Aux dires de Xavier, le frère portait son unique soutane noire, presque un haillon flasque sur un corps maigrichon. Une grosse corde cirée lui ceinturait la taille et retenait un crucifix de bois rouge qui traversait entièrement sa poitrine et son ventre plat. « D'un geste papal, il bénit les maisons du village les unes après les autres. Des larmes coulèrent en abondance sur ses joues. »

Le frère Côté éprouvait une énorme satisfaction à pleurer, une sorte de soulagement. On ne savait plus s'il fallait en rire ou s'en apitoyer. Ses crises de larmes coïncidaient à peu près toutes avec les malheurs qui s'abattaient sur l'un ou l'autre des villageois. Mais, à la longue, tous avaient fini par s'amuser de le voir ainsi s'abreuver de la peine des autres.

Pour lui faire parcourir sans risque la distance séparant Maillard de Baie-Saint-Paul, on dut l'attacher solidement. Mais lorsqu'il arriva au pied de la montée du cimetière où le corps de Mathiews avait été jeté, ses liens se brisèrent. Il se mit dans tous ses états, entra en transe, se déchaîna, luttant avec les hommes qui le retenaient. Vite épuisé, il s'affaissa dans le fond de la charrette et demeura silencieux jusqu'à l'hospice.

Une fois la tempête apaisée, Xavier renonça à l'engagement pris quelques heures plus tôt de ramener le frère au village. Il se prit de haine envers celui qu'il avait imploré au moment du danger. Il le traita d'homme détruit, d'halluciné, de « maniganceux » et de fou. Par la suite, Xavier ne devait plus jamais reparler de lui devant Odiluce.

Chapitre neuvième

Rémi, surnommé le Grand Prince en raison de sa taille et de son air majestueux, dépose le sac de courrier dans sa charrette. Proche voisin d'Eugène à l'est, il tient bureau de poste. Odiluce l'observe.

De mémoire d'homme, ce sont les Boudreau qui ont toujours tenu le bureau de poste. Rémi déclare souvent qu'il perpétue la tradition familiale en exerçant *sa profession*. Il prétend posséder toutes les qualités requises, sinon plus, pour occuper ce poste prestigieux et stratégique: « la discrétion, l'honnêteté, la disponibilité, un excellent jugement et, surtout, l'instruction nécessaire ». Il se vante de connaître les plus grands secrets du village.

Depuis toujours, Rémi rédige au gré de ses humeurs et de sa fantaisie la petite histoire de Maillard, dont il annonce sans cesse une publication imminente qui ne vient jamais. Il en dévoile parfois quelques lignes ou davantage, lorsque la divulgation ne choque pas trop de monde; il se retient de faire des révélations susceptibles de déclencher des réactions pouvant aller à l'encontre de ses intérêts. Lorsqu'il se permet des indiscrétions, c'est pour en tirer profit; déclarations qu'à peu près personne n'ose contredire, publiquement du moins. Seule Odiluce a osé lui dire, sans témoins, qu'il mentait. Mais il a feint de ne rien entendre.

51

Rémi s'acquitte de sa fonction avec une dignité telle que tous le saluent bien bas. Nul n'oserait l'affronter ouvertement ni en faire un objet de calomnie, arme offensive privilégiée des habitants de Maillard. Personne au village, pas même Lucienne, ne s'aventure dans une conversation trop compromettante avec lui, de crainte qu'il ne leur extirpe publiquement un secret ou un vice caché.

Rémi possède une remarquable intuition et un instinct sûr. Il use habilement de son don de clairvoyance. Et parfois avec malice. Surtout lorsqu'il soupçonne une attaque. Chacun se tient sur ses gardes face au *savant*. Même ses rares et prudents détracteurs lui reconnaissent une grande sagesse. Ce qui nourrit copieusement son orgueil affamé de compliments et d'honneurs de toutes sortes.

Dans les conversations, le Grand Prince écrase ses interlocuteurs, surtout les plus bavards. Difficile de toujours trouver un sens précis à ses interventions ampoulées. Personnage sans concession, il adore se faire prier. Fin seigneur, Rémi ne se prévaut pas trop vite des privilèges qui lui sont consentis le plus souvent par flagornerie. Le curé Boucher en sait quelque chose.

Rémi a refusé les premières places tant convoitées à l'église. Il s'obstine à ne pas en faire usage pour lui-même et se plaît à désigner, quand bon lui semble, l'un ou l'autre de ses concitoyens pour les occuper. Il persiste à se tenir debout, derrière, généralement les deux mains jointes sur le bénitier qui lui sert de support pendant les sermons fleuves du curé.

On comprit mal que Rémi ait décliné l'honneur des meilleurs bancs, places que le curé avait péniblement arrachées aux marguilliers jaloux. Ce n'est qu'après une année complète de silence sur la question qu'il condescendit enfin à fournir un vague commencement d'explication sur les motifs de son refus. Très lentement et du bout des lèvres, il déclara: « Il ne doit y avoir qu'un seul personnage honoré dans l'église de Maillard! »

Une déclaration inespérée pour le curé qui, depuis le jour de sa nomination à Maillard, souhaitait que le maître de poste le reconnût. Le dimanche suivant, voulant profiter de la situation, du haut de sa chaire, le curé le cita. Mais le dépit s'empara vite de lui. Rémi le ridiculisa. Entouré de plusieurs paroissiens sur le perron de l'église et en présence même du curé, le Grand Prince expliqua du haut de sa fierté: « Mon commentaire faisait davantage allusion à la présence divine qu'à celle du prêtre, bien sûr! »

En vérité, Rémi accepte très mal que la nouvelle église ait été reconstruite presque uniquement grâce au dévouement d'Émilien, le fils de Jeanne qu'il fuit comme la peste. « On n'aurait jamais dû confier l'érection du nouveau temple de Dieu à un être dont les origines sont si douteuses! » Cette phrase, il l'a cependant laissée échapper par mégarde. On fut surpris d'entendre de tels propos sortir de sa bouche. Mais qui pourrait l'empêcher de croire que l'église serait à nouveau la proie des flammes?

Les soeurs du couvent de Maillard consultent assidûment le Grand Prince. Il est le principal conseiller de la soeur économe, bien qu'on ne lui connaisse aucun talent pour les affaires. Toutes les décisions prises au couvent lui sont d'avance connues, bien qu'il en soit rarement l'initiateur. On prononce son nom, comme on fait usage d'un sceau. Il est le seul à pouvoir entrer au couvent sans frapper, comme bon lui semble, sans que les religieuses l'interrogent sur les raisons de ses visites.

En dehors des heures scolaires, la vie au couvent est monastique. Cependant, le va-et-vient de Rémi la rend moins terne. Il discute longuement avec les religieuses, cherche à les émerveiller. Il a su les conquérir. Elles constituent son meilleur public, et l'accueil privilégié dont il jouit gêne outrageusement le curé Boucher qui s'imagine que le Grand Prince prodigue des conseils d'ordre spirituel. Il n'a pas tout à fait tort de penser ainsi et de redouter un certain empiétement de son territoire. En effet, à tour de rôle et par toutes sortes de petits détours plus astucieux les uns que les autres, les soeurs l'incitent à commenter le dernier sermon du curé, ce qui met ce dernier en rage, car Rémi s'est non seulement permis d'en corriger plusieurs, mais est allé jusqu'à s'en réclamer l'auteur.

La disponibilité de Rémi à l'égard des religieuses est à la mesure de l'intérêt qui la suscite. Depuis plusieurs années, il cherche à mettre la main sur des documents qu'il estime très importants. Ils auraient été sauvés des flammes lors de l'incendie de l'église; entre autres, il s'agit des lettres que le frère Côté avait adressées à l'évêché de Québec et qui furent interceptées au village.

Rémi est en quête de nouveaux renseignements pouvant l'éclairer davantage sur la vie de ses concitoyens. De plus, c'est avec beaucoup d'habileté qu'il interroge les enseignantes sur le caractère, le comportement et les habitudes des écoliers. Connaître la vie intime des familles représente pour lui une véritable obsession.

Odiluce sait que Rémi fouille tout particulièrement sa vie et celle de sa famille. Mais, depuis un certain temps, elle croit l'avoir devancé dans sa recherche. Elle pense tenir ce qu'il voulait trouver chez les religieuses. Satisfaite, elle le regarde circuler autour de sa voiture.

Méticuleusement, avec préciosité, comme s'il manipulait un vase de porcelaine chinoise, Rémi enroule son sac de courrier d'une couverture miteuse et humide qu'il vient de retirer du dos de son cheval. Puis, d'une enjambée dont il est seul capable et qui rend justice à sa grandeur, il grimpe dans la voiture, non sans provoquer un long craquement. Le pire est à craindre, la charrette bascule. Mais, à la dernière seconde, elle se redresse au moment où le vieux cheval rouquin décide pour un instant d'obtempérer aux commandements débités sèchement par son maître. Odiluce a bien failli voir la noblesse du Grand Prince s'étendre de tout son long sur le chemin de terre boueux. Inutile de guider l'animal familier à travers les méandres du seul chemin traversant le village d'ouest en est. Odiluce sourit: la jument potelée et paresseuse ignore complètement les ordres du cocher qui est aussi le chef de gare de Maillard.

Tous les habitants transigent avec Rémi; que ce soit pour déposer une lettre à la poste, la faire rédiger ou réclamer un bon conseil. Écrivain public, il se garde bien de commenter clairement les propos tenus par ses nombreux clients et confidents. Cependant, afin d'entretenir la rumeur, il laisse volontiers tomber au compte-gouttes des bribes de conversation dans un enchevêtrement d'expressions ronflantes, de hochements de tête, de toussotements et de gestes théâtraux. En revanche, comme pour se déculpabiliser d'agir de la sorte, il réconcilie les familles brouillées par les commérages. Rémi déclenche la plupart des grandes rumeurs, qu'il étouffe au moment voulu.

Les Maillardiens aiment bien écrire aux grands magasins des villes lointaines, tout particulièrement chez Paquet à Québec. C'est à Rémi qu'ils doivent faire appel pour leurs commandes. Comme le curé refuse d'encourager le commerce par courrier ou autrement, le Grand Prince lui a fauché son titre d'écrivain public en se conformant à tous les désirs de la clientèle: « confidentialité assurée ». Seuls Émilien et le bedeau demeurent fidèles à leur curé. Ils craignent d'aller quémander des services d'écriture au postier. Le curé les a bien mis en garde de poser un tel geste, leur emploi étant mis en jeu.

Odiluce fait grand usage de la poste et n'a aucunement recours aux services de Rémi. Elle manie aisément la plume. Louisa et les soeurs franciscaines y ont vu. Écolière, sa nature solitaire et réservée lui valut une grande attention. Les religieuses ne lui reprochèrent jamais de tourner trop souvent la tête vers la mer et d'admirer le ballet des navires autour du quai. Son intérêt pour le lointain et ses rêveries avaient été remarqués. Les soeurs évitèrent de lui vanter les mérites de leur vie, comme elles s'appliquaient à en instruire ses camarades. Odiluce n'aurait pas permis qu'on approchât sa conscience de trop près et les religieuses le sentirent.

Rémi aimerait bien connaître le contenu des lettres d'Odiluce. Elle en adresse à toute la province. Mais ce sont surtout celles qu'elle destine à l'étranger qui l'intriguent. Il a noté les adresses. Odiluce écrit en France, en Angleterre et en Irlande. Ce sont surtout les grands ports de mer d'Europe qui l'attirent et constituent autant de rendez-vous pour son imagination. Elle compile des quantités innombrables de renseignements sur les plus importants réseaux de navigation.

Odiluce correspond avec toutes les compagnies maritimes dont les navires empruntent le Saint-Laurent. Elle découpe et conserve les annonces de même que les reportages relatant les grands moments de gloire et d'échec de la vie maritime. Ils sont rangés dans la poussière quadrillée de fils d'araignée. Tous les articles qu'elle a pu trouver sur le naufrage du *Titanic*, éperonné par un iceberg, au printemps dernier dans l'Atlantique, près du New-foundland, tapissent les murs. Elle avait projeté de voyager sur ce navire, de descendre à son bord le fleuve, jusqu'à la *vraie mer*.

Rémi est loin de soupçonner qu'Odiluce accumule dans le grenier de la petite maison familiale des listes de voyageurs irlandais, écossais, anglais et même australiens venus immigrer en Amérique par le Saint-Laurent. Les membres d'équipage l'intéressent tout particulièrement. Le Grand Prince croit qu'elle collectionne les emblèmes des compagnies. Ce qu'elle lui a laissé entendre devant l'insistance de son regard sur les lettres déposées au bureau de poste.

Le grenier, c'est aussi l'endroit où Odiluce entrepose ses rêveries. Elle y retrouve non seulement ce qui reflète son amour de la mer et son attirance pour l'ailleurs, mais aussi ce qui révèle ses goûts, ses envies folles de porter les vêtements les plus soyeux, les plus coûteux et les plus provocants. Louisa lui avait appris à tout conserver, à ne rien détruire. Depuis des années, d'innombrables journaux et des revues françaises s'entassent pêle-mêle sur le plancher du grenier. Le long de plusieurs cordes suspendues entre les murs sont accrochés avec des pinces à linge des dizaines de dessins et d'articles de mode.

Aussi, dans l'enceinte poussiéreuse du grenier, Odiluce rejette avec fureur la pauvreté et la soumission. Elle voue une admiration sans bornes à ceux qui repoussent ces deux calamités. Et à ceux qui les encouragent elle réserve les destinées les plus cruelles, prenant plaisir, dans ses moments troubles, à les imaginer aux enfers, ou encore étouffés par les rafales d'hiver.

Ce matin, le sac de courrier contient quelques lettres. Mais aucune d'Odiluce. Elle n'en a pas adressé depuis plusieurs semaines. Rémi trouve cela bien étrange. Il satisfait tout de même quelque peu sa curiosité puisqu'en ce temps de l'année, les Maillardiennes sont séduites par les annonces publiées à pleine page dans l'*Action Catholique*.

Chapitre dixième

Odiluce reprend sa marche. L'image de Mathiews n'arrive pas à s'imprimer nettement dans son esprit. Parfois, il se dessine comme un homme frêle à la peau parsemée de taches de rousseur, tandis qu'à d'autres moments, il s'impose, fier, le teint cuivré. Dès qu'un être commence ainsi à apparaître à Odiluce, il devient vite insaisissable, s'évanouit tout aussi vite dans le néant.

Déçue, Odiluce se tourne de nouveau vers la Grande-Pointe. Elle éprouve de la tendresse pour ce sol hostile, mal maquillé d'épinettes que le vent s'acharne en vain à déraciner, ce bout de terre où la mousse se confond avec la vase qui brouille le fond de l'eau.

Jean n'est pas loin derrière. Il a fui la sacristie sitôt achevée la séance de déshabillage du curé. Il savait qu'Odiluce s'arrêterait un bon moment devant chez Eugène et qu'il pourrait la rejoindre là. Il a même pu profiter d'un instant de répit à peu de distance d'elle. Ces quelques minutes lui ont paru plus longues qu'à l'accoutumée. Pourtant, il vit ce rituel presque tous les jours, cette randonnée au cours de laquelle Odiluce repose les mêmes gestes, avec la même intensité, la même précision, devant les mêmes endroits. Elle sculpte les hommes et les femmes comme elle les aime, comme elle les hait. Le village entier voit sa population se transformer: les vivants rejoignent les morts, les mieux nantis sont ruinés, les pauvres soudain deviennent riches, les démunis mènent les plus forts au doigt et à l'oeil, le curé se déguise en Diable et le bon Dieu s'excuse, désolé pour tout le mal et la douleur qu'il a la faiblesse de tolérer et qui écrase la population de Maillard. Les dates, les époques, les personnages d'autrefois et ceux d'aujourd'hui s'entrechoquent. Plusieurs embellissent, tandis que d'autres enlaidissent. Plus rien n'est faux. Plus rien n'est vrai. Il se crée dans le coeur d'Odiluce un vide immense, une sorte de trou dans le temps et dans l'espace, un lieu dépourvu de contraintes, de limites, d'interdits et de préjugés.

Jean est fasciné par les réactions des vieilles femmes aux fenêtres. Chacune y va pour elle-même de son commentaire le plus méprisant et le plus envieux sur la fougue et la beauté d'Odiluce. Ce jeu de chattes et de souris, toujours le même, dure depuis des années et s'amplifie de jour en jour. À certains moments, on se croirait dans un tribunal où les regards remplacent les mots, où les signes de tête accusent sans que la défense bronche; une défense qui se pare d'un imprévisible silence. Jean sent qu'une sorte de conspiration, de malaise, cerne Odiluce sans guère sembler l'inquiéter. On dirait qu'elle s'accommode aisément de ce climat tendu.

Odiluce montre toutes les apparences du courage et de la puissance, attitude que le curé et Rémi redoutent. Elle s'acharne à arracher des confidences et des aveux aux plus anciens. Elle voudrait bien les voir se délivrer du remords, du mensonge. « Par leur silence ou leur complicité, autrefois ils ont tous tenu la main de Ludger, l'exécuteur de Mathiews. » Le besoin d'affronter, de provoquer, de mettre à nu un certain nombre de ces concitoyens s'est accru considérablement depuis la mort de Louisa. Comme si en partant, et surtout avec la lettre qu'elle lui a laissée, Louisa avait déchiré le voile recouvrant une époque que tous cherchent à oublier.

Odiluce sent qu'elle porte deux vies, deux coeurs: celle d'une femme ayant tout abandonné aux autres sans rien dire et celle d'une autre qui se bagarre, réclamant une existence plus décente, et refuse de s'assujettir devant l'autorité. Elle a le courage des gens qui ont peur, de ceux qui n'ont plus le choix, des petits. Dans ses foulées quotidiennes, chaque pas franchi devient une superbe victoire. Chaque verge gagnée lui demande une immense somme d'énergie, de concentration et de volonté. Son coeur, pourtant, est fait pour la douceur, la paix, la quiétude, même le renoncement et trop souvent la fuite devant les difficultés. Il sort toujours affaibli des luttes secrètes qu'il livre, mais plus fier. Souvent tentée de se montrer pareille aux autres, conciliante et soumise, Odiluce s'y refuse de crainte de devenir semblable à ceux et celles qui déguisent leur perversité sous les gestes de la bonne volonté.

Odiluce fonce sur sa route sans qu'apparaisse le moindre signe d'angoisse sur son visage.

* * *

C'est l'heure. La tête pesante, soutenue entre ses deux longues mains osseuses, Camille ouvre toutes grandes ses paupières bouffies de fatigue pour suivre Odiluce qui se profile au loin. Il se contracte pour retenir le peu de chaleur dégagée par son corps, tandis que le coeur laisse s'échapper de la tendresse pour la passante. Il a peine à garder les yeux ouverts. La clarté du jour et ses réalités le frappent durement. Depuis le dernier accostage de la *Mary Lucia* au quai de Maillard, il s'est réfugié dans la nuit. L'obscurité l'a emmuré.

Dès son retour, Camille s'est adonné à des travaux sur la *Mary Lucia*. Il n'en finit plus d'en colmater les fuites, de la rapiécer. Tout seul à bord, il fait semblant de naviguer et s'égosille devant un équipage fantôme. Cela s'est encore produit la nuit dernière. On l'a entendu crier des ordres jusque dans la partie ouest du village. Toutes les maisons se sont illuminées. Aussitôt que la lumière a blanchi les galeries et décoré les demeures, Camille a cessé de hurler. Les Maillardiens n'ont pu se rendormir qu'à l'aube.

D'épaisses couvertures trempées, trouées et salies s'entassent sur le carré. Camille couche sur le sol, à côté d'une épaisse plaque de métal rouillé, recouverte de cendres et de débris de bois à moitié brûlés. Il a détruit une à une les couchettes et brûle parcimonieusement chaque planche pour se réchauffer et chasser l'humidité.

Pour éviter de trahir sa présence à bord de la goélette, Camille étouffe le feu, presque mort. Il craint qu'on ne le prenne pour un fou et qu'on ne le traîne jusqu'à l'hospice de Baie-Saint-Paul. Plus le jour s'impose, plus son monde fabuleux échafaudé dans le noir s'écroule. Il regarde le sentier, ciselé du sommet de la montagne jusqu'à son socle.

Camille refuse d'aller bûcher au bois avec les autres marins du village. « Plutôt mourir! » Il déteste au plus haut point l'hiver, sa neige et son froid. La moindre lueur d'automne lui fait anticiper les souffrances et l'ennui des mois d'hiver. Il se ronge les sangs au long de toutes ces semaines où la nature se meurt. La peur de voir surgir les glaces sur les rives du fleuve se dispute dans sa tête avec le plaisir de regarder le brouillard se lever en ce matin d'octobre. Il ne peut plus apercevoir Odiluce. Elle est trop loin.

Le regard livide, Camille fouille l'eau, ratisse les abords du quai. Le front collé au seul hublot encore intact du navire, les autres ayant été brisés par les enfants du village, il songe aux raisons qui auraient poussé Louisa à se tuer. Comme il l'a juré à Odiluce et à son instar, il cherche des explications à sa mort et se reproche de n'avoir pu l'empêcher. La rage lui remplit le coeur lorsqu'il fixe la mer, l'endroit où elle mit à exécution la seule véritable décision de toute sa vie.

Curieusement, la *Mary Lucia* est amarrée juste à l'endroit où Louisa se jeta à l'eau, tout à fait au bout du quai. Camille adorait y pêcher l'éperlan et la loche, mais de crainte que sa ligne ne se prenne au corps de sa mère, il a cessé de taquiner les poissons. Il sent sa présence, éprouvant un sentiment confus de frayeur et de sécurité à regarder dans l'eau.

Il est près de huit heures. Étourdi par les mouvements des vagues, Camille vacille, laisse aller sa tête sur ses avant-bras tatoués. Le manque de sommeil embrouille totalement ses pensées. Il s'assoupit, puis s'endort paisiblement, le sourire aux lèvres. C'est ainsi tous les matins à cette heure depuis son retour.

Ce matin, Donatien Gagnon a demandé à Odiluce d'intervenir auprès de son frère pour qu'il cesse ses criailleries. Elle a refusé: « J'imagine qu'il dérange et que ça vous rappelle une certaine nuit d'autrefois? Vous vous souvenez sûrement de la balade en traîneau du frère Côté, n'est-ce pas? »

En répliquant de la sorte, elle n'ignorait pas que le maire allait rapporter son commentaire. « Tant mieux! Ils vont devoir se questionner! »

Chapitre onzième

Soeur Marie-de-la-Paix, considérée par tous comme une sainte femme, range de son mieux la lingerie pliée et fraîche qu'elle vient de rentrer. Le vent du nord-est l'a séchée la nuit pour l'imbiber d'odeur saline à l'aube. Souriante, elle renifle le parfum d'automne en surveillant par la fenêtre les moindres mouvements du frère Côté. C'est elle qui en a la charge depuis des années. Il accapare tout son temps. Avec lui tout peut arriver. Personne d'autre ne veut en prendre soin: le surveiller représente un sacrifice énorme.

Le vieux frère a tendance à basculer en bas de sa chaise et à s'étouffer avec sa salive. Souvent, on le trouve étendu de tout son long sur la galerie, le visage bleui, agonisant, râlant pour demander de l'aide. Plusieurs le soupçonnent de se jeter volontairement par terre dans le seul but d'attirer l'attention. Sans cesse, il proteste. Contre qui? Contre quoi? Personne ne saurait vraiment le dire, bien que soeur Marie-de-la-Paix soit persuadée qu'il s'amuse tout simplement à semer la panique. Les plus jeunes résidents de l'hospice hésitent à l'approcher et à lui venir en aide dans les moments difficiles, de peur « d'attraper sa sénilité ».

Le soleil troue enfin les nuages et répand le beau temps par plaques sur la petite ville de Baie-Saint-Paul. Contente, la religieuse approche son visage des grandes vitres du solarium. Un brin de chaleur lui caresse les joues. Pas très loin, une dizaine de

63

pieds à gauche, son patient montre de nouveaux signes d'agitation. Elle est rassurée. Ce matin il l'a vraiment inquiétée. Trop faible, il n'a pu marcher jusqu'à la chapelle. L'aumônier a dû lui rendre visite. Après un moment d'intense agitation, le frère Côté a refusé la communion. Plus tard, il a volontairement renversé le plateau de son déjeuner. De peine et de misère, soeur Marie-de-la-Paix et deux aides ont réussi à l'allonger sur sa chaise, là où il passe des journées entières à ruminer. Le jour de son arrivée à l'hospice, il a exigé que son nom soit peint sur la longue chaise de bois vert, pareille à celles qui meublent les ponts des paquebots de croisière. Personne d'autre n'a pu l'utiliser depuis.

Soeur Marie-de-la-Paix espère bien que le frère restera cloué sur sa chaise toute la matinée et qu'il ne se laissera pas glisser par terre; à tout le moins jusqu'à l'heure du dîner. Considéré comme un grand mourant et fiché comme tel depuis une décennie, le vieux religieux a été administré au moins sept ou huit fois au cours des cinq dernières années. Il fait le désespoir de ses voisins de dortoir qui rêvent de le voir *six pieds sous terre*. L'aumônier Racine les accuse de souhaiter la mort du frère à un point tel qu'ils décèlent constamment en lui les signes de la défaillance fatale. En ce qui le concerne, il refuse désormais de lui administrer les saintes huiles, ne voulant plus « être éveillé en catastrophe au beau milieu de la nuit pour courir en vrai fou au chevet d'un ratoureux qui n'en finit plus de mourir ».

D'un geste vif, soeur Marie-de-la-Paix trace un signe de la croix sur son corps. Sa main droite effleure si vite son front, sa poitrine et ses épaules, qu'on croirait qu'elle chasse un maringouin. La dissimulation du signe lui vient de la honte d'avoir, elle aussi, désiré que le frère meure subitement, juste là, devant elle. Au même moment, son patient se retourne péniblement pour chercher son regard protecteur et lui signifier son rôle. Il y a toujours une larme épaisse qui hésite à tomber de ses yeux vitreux et qui colle sur la paupière inférieure.

La religieuse sourit. Le frère semble deviner ses pensées. Il tâte sur sa poitrine une pièce de carton effilochée par les années. Bien malin celui qui s'en saisira; pour décourager ceux qui tentent de s'y employer, il crie, tandis qu'en toutes autres circonstances, il feint d'être muet.

Donatien arrive en trombe. Il vient de nouveau briser l'harmonie et le réveil de la nature. Une volée d'oiseaux effrayés s'arrache des toitures des immeubles environnant l'hospice. Les arrivées du marchand de viande de Maillard provoquent immanquablement du remue-ménage, tout spécialement ces derniers jours. Les religieuses se précipitent aux fenêtres où elles s'entassent comme des mouches sur un morceau de sucre. Les malades les plus alertes les entourent aussitôt, alors que les plus faibles s'amènent en traînant la patte.

Affalé dans sa chaise longue, le frère Côté reprend tout à coup conscience et grogne. Éveillé comme jamais, il tend l'oreille. Sa surveillante le remarque: « Quel homme imprévisible. À certains moments on croirait qu'il ne se relèvera pas de sa dernière crise, et voilà qu'un instant après, il montre des signes de verdeur. On dirait qu'il prend un coup de jeunesse, là! Je ne l'ai jamais vu aussi attentif! »

Cette fois, le boucher-maire de Maillard est refoulé à l'entrée de la porte principale de l'hospice, de la *Maison Grise* comme on l'appelle. À plusieurs reprises ces derniers jours, Donatien a cherché à savoir si le vieux frère vivait encore et, si oui, s'il pouvait le rencontrer. Il s'est prétendu porteur d'un message important: « Un message confié par une personne influente et considérée de Maillard! » Il n'a obtenu que des réponses évasives. Aucun habitant de Maillard n'est autorisé à voir ou à rencontrer le frère Côté. C'est la consigne émise il y a longtemps par on ne sait qui. Elle devient plus stricte à mesure que le marchand de viande insiste. On se souvient qu'autrefois le frère reçut des menaces de mort qui furent prises très au sérieux.

Peu avant sa mort à Rivière-du-Loup, Xavier, époux de Louisa, tenta, mais sans succès, de revoir le vieux frère. On dit qu'il voulait le battre, « lui briser le cou ». Sans jamais s'expliquer sur les motifs de son agressivité, il jura publiquement de « l'envoyer dans l'autre monde et directement en enfer ».

Ce matin, soeur Marie-de-la-Paix a une fois de plus convaincu ses consoeurs de veiller à ce que Donatien ne pénètre sous aucun prétexte dans l'hospice: « Vous devez l'empêcher de monter jusqu'à l'étage! » Elle se redit que son devoir consiste à protéger le frère et à rendre ses vieux jours paisibles. Ce qui vient de soeur Marie-de-la-Paix a autant d'influence que s'il s'agissait d'un commandement dicté par Pie X. Les religieuses suivent scrupuleusement ses mots d'ordre.

Donatien tire énergiquement sur la clochette du portail principal. Personne ne bouge et les badauds gardent le silence. L'attention porte uniquement sur lui. Du doigt, il montre, en souriant à pleines dents, ou avec ce qu'il en reste, les boîtes de poisson séché rapportées de Maillard. Comme d'habitude, elles puent l'huile à moteur de son engin. D'une voix tonitruante, il vante la qualité de son poisson aux religieuses attroupées aux diverses portes. Aucune d'elles ne manifeste d'intérêt. Le marchand n'y comprend plus rien, car, il n'y a pas si longtemps, elles se disputaient le privilège de négocier avec lui. Une toute jeune novice, en l'occurrence l'une des filles de Rémi, son aînée, l'interpelle:

« Monsieur Gagnon, vous ne pouvez plus entrer ici. Nous n'avons besoin de rien aujourd'hui et il en sera ainsi jusqu'à nouvel ordre. Allez-vous-en et cessez de faire tout ce tapage. Vous voyez bien que vous dérangez les malades, Il y a des mourants ici. Respectez-les et partez! »

Donatien ne bronche pas. Devant son refus de partir, la novice l'avertit que la maison lui sera interdite à tout jamais s'il n'obéit pas. Les commentaires fusent sur les étages, tandis que le marchand saisit toute la signification de la menace. Il y a plus d'une centaine d'arriérés et de vieillards dans cette salle d'attente de la mort qu'est l'hospice de Baie-Saint-Paul. Les trois quarts de ses ventes découlent de leurs besoins. Une clientèle en or qui ne se plaint jamais et paie toujours rubis sur l'ongle sans rechigner sur la qualité de la marchandise.

Voyant le risque de perdre son marché le plus important, Donatien finit par lâcher la corde de la clochette et recule jusqu'à sa Ford. Il dévisage ceux qui l'épient du haut de leur poste d'observation. L'aumônier Racine trouve la situation drôle en dépit de la mine consternée de ceux qui l'entourent. Il reconnaît bien là les comportements collectifs de plusieurs patients. Dès que l'un rit, l'euphorie se répand sur son étage. Si un autre pleure, en un rien de temps, tout le monde s'y met. Il lui suffirait d'élargir son sourire pour que l'hospice entier se réjouisse de la mésaventure du maire de Maillard.

Donatien oublie un instant l'humiliation et l'affront subis devant l'hospice. Il tient mordicus à ne pas déplaire à Odiluce, car il risque gros aussi de ce côté: la dénonciation, la honte et surtout la défaite aux prochaines élections. Énervé par l'avertissement qu'elle lui a servi, il y a à peine une heure, Donatien se convainc de la nécessité de la satisfaire. Elle lui a demandé de ramener le vieux frère au village, au plus tard pour la Toussaint. Plus que quelques jours encore. « Elle va me faire perdre tous mes privilèges. C'est rendu qu'elle refuse de me céder le chemin. Ce matin, elle en a mis du temps à se tasser. C'est contraire aux usages. Après tout, je suis le maire! Les autres me cèdent toujours le passage sans maugréer. J'ai quand même récolté une petite victoire en l'obligeant à prendre le bord de la route. Je la dompterai bien en temps voulu! »

Au fil des années, le maire a constamment trouvé le moyen de s'assurer la collaboration de chacun des citoyens et il ne voit pas pourquoi les choses changeraient, même pour Odiluce. Le curé et Donatien ne s'entendent que sur un seul point: Odiluce. Méfiants l'un envers l'autre, ils en parlent à mots couverts. Tous deux complotent pour mettre un terme à son insolence. Malgré les reproches que le curé lui fit timidement quant à l'aspect un peu trop charnel de sa stratégie, il l'exhorte sans cesse à trouver un moyen pour maîtriser « la rebelle, la brebis égarée ».

À l'instar de l'ensemble des villageois, le maire et le curé voudraient en savoir davantage sur les silences et les regards accusateurs qu'Odiluce leur réserve quotidiennement. Le prêtre envisage même de la priver de la communion pour l'emmener jusqu'au confessionnal et, de là, entreprendre de lui faire changer d'attitude. Cependant, il hésite, de crainte qu'elle ne riposte férocement à un geste qui aurait pour effet de jeter le doute et la suspicion sur son âme.

Le refus de la communion constitue l'arme la plus redoutable dont dispose le curé pour mater les âmes récalcitrantes. Jeanne, la mère des nains, fut victime d'une telle privation autrefois. On ne sut jamais pourquoi le curé d'alors semonça avec autant de dureté cette femme sans défense.

Assis sur ses boîtes de marchandises, interloqué, Donatien passe en revue les moyens pour entrer dans l'hospice. « Que faire? Toutes les portes sont bloquées par les novices. Elles ont l'air décidées à m'empêcher d'entrer! Et cette centaine de fous aux fenêtres qui surveillent tous mes gestes? »

Chapitre douzième

Accroupi sur le quai de gare en bois du chemin de fer de Maillard, Joachim, l'ex-fossoyeur, sort péniblement de la poche de sa veste une superbe montre à chaîne de marque Waltham. Il la coince un bon moment entre ses mains rugueuses et sourit: elle fonctionne!

« Tic, tac... tic, tac... rrrraaaa... rrrrrumm... tac... »

Il la palpe, heureux de ces bruits qu'il associe au rythme des pulsations humaines.

« ... toujours... toujours... tout le temps il vivra... il vivra longtemps! »

Joachim se lève en grimaçant et tourne le dos à la mer pour faire face au village. Ce matin, à part Rémi et peut-être Odiluce au loin, personne ne peut vraiment distinguer ses gestes. Il colle son unique richesse sur ses lèvres gercées et souffle très fort dessus pour embuer les deux couvercles en or de la montre. Ensuite, il la frotte vigoureusement sur ses cuisses. Du même coup, il se réchauffe les doigts. Le boîtier de dix-huit carats luit comme un sou neuf.

Dans le but évident d'exhiber son unique trésor, Joachim répète ces mouvements une dizaine de fois par jour sans manquer de gesticuler. Rien ne le réjouit plus que d'attirer l'attention. La Waltham, il la porte fièrement, comme s'il s'agissait d'une décoration de guerre décrochée pour un acte de bravoure sans pareil. Bien des hommes de Maillard voudraient posséder une montre de cette qualité. D'ailleurs, ils se demandent où il a pu se la procurer.

Pour se moquer de Joachim, les habitants de Maillard lui demandent l'heure. Ils connaissent par coeur son spectacle lorsqu'il manipule la montre et saisissent ces occasions pour s'amuser à ses dépens. Bien qu'à demi-aveugle, Joachim s'inspire davantage des lueurs du jour que de la position des aiguilles pour répondre. Il en sort souvent gagnant.

Comme il n'y a personne à éblouir ce matin, Joachim promène son regard sur le troupeau de vaches qui attendent paisiblement leur tour de mourir devant l'abattoir. Il ne distingue que des ombres floues qui bougent à peine. Il attend le signal: elles ne manqueront pas de s'affoler et de courir dans tous les sens lorsque le train va se pointer à la sortie du tunnel de la Grande-Pointe. Leur panique quotidienne annonce habituellement l'arrivée imminente du train en provenance de Sainte-Anne-de-Beaupré et de Québec. Il est déjà passé huit heures. Le train devrait être là!

En raison d'un éboulis et de la menace d'un nouveau glissement de terrain, le train enregistre du retard depuis dix jours. Sous peine de dérailler, la locomotive doit ralentir considérablement sa vitesse. De plus, il y a le mauvais temps. Bien qu'il ait tendance à se dissiper depuis hier. De toute façon, qu'il fasse beau ou non, Joachim est toujours là pour voir venir la locomotive. Autrefois il a travaillé à la construction du chemin de fer et ça lui rappelle des souvenirs. Il siffle.

Comme à l'accoutumée, des écoliers sont au rendez-vous sur la voie ferrée. Ils s'apprêtent à défier la locomotive en déposant sur les rails des objets métalliques, puis courent se cacher sur la grève pour mieux constater les résultats de leurs méfaits. Rémi a chargé Joachim de les empêcher de jouer à ce jeu dangereux. L'ex-fossoyeur sait que les enfants sont là, mais n'intervient pas.

Joachim loge temporairement à la gare. Dans le passé, il habitait une cabane au pied de la côte du cimetière. Depuis qu'il a perdu son emploi de fossoyeur, semble-t-il en raison de « son âge avancé et d'un piteux état de santé », c'est du moins ce qu'avait déclaré le conseil de fabrique, il n'a plus de résidence officielle. Son ex-emploi, sa seule source de revenu, il le pleure encore et continue de contester son congédiement.

Joachim ne se gêne pas pour affirmer que l'entretien du cimetière lui a été enlevé parce qu'il était « le porte-parole des défunts ». Plus souvent qu'à son tour, il a critiqué haut et fort les choix d'emplacements. Encore ce matin, dès que l'occasion va se présenter, il a la ferme intention de réclamer une vue sur la mer et une magnifique demeure funéraire pour tous, et ce, sans égard au statut de chacun.

Automatiquement, tous les notables et les marins de Maillard ont droit à une fosse dont les épitaphes se laissent dorer toutes les après-midi par le soleil quand celui-ci daigne se montrer, puisqu'elles donnent sur la mer, vers le sud-est. Les autres, les plus pauvres, celles des enfants, plantées çà et là de manière désordonnée, penchent entre les roches et les fougères.

La vérité sur le congédiement de Joachim, c'est qu'il a été chassé du cimetière surtout à cause de son indiscrétion maladive. Il s'appliquait à chercher les causes les plus farfelues et les plus invraisemblables du décès de ses clients. Renseigné à fond sur la vie de chacun des morts, il poussait l'audace jusqu'à dire aux vivants le mal que chacun d'eux avait causé à ses pensionnaires. Il harcelait les parents et amis de ceux-ci. À tel point que personne n'osait monter au cimetière lorsqu'il traînait dans les parages.

Odiluce lui avait parlé autrefois. C'était pour s'informer de l'endroit exact où le corps de Mathiews avait été enterré. Elle en avait profité pour l'interroger longuement sur la vie et la mort de l'étranger assassiné.

Rémi arrive à la gare. De sa hauteur, le Grand Prince fait signe à Joachim qui s'empresse d'attraper le cheval par la bride. Froissé, il attache la bête à la soute à charbon, empoigne le sac de courrier et le lance à bout de bras sur le quai. Rémi, qui a le reproche facile, le surprend et lui assène une volée de remontrances pour son « manque de respect pour la malle royale ». Il l'avertit solennellement qu'il lui sera dorénavant interdit de toucher au courrier s'il continue de le manipuler aussi cavalièrement. Joachim penche la tête, mime le regret. Mais le sourire insolent que compose sa bouche mutilée n'échappe pas à Rémi:

« Sois respectueux Joachim. Ne te moque pas de moi. Je te chasserai si je t'y prends encore. Par charité chrétienne, je t'ai abrité. Tu sais que personne ne peut te sentir ni t'approcher. Tu attires la malédiction. Si tu ne veux pas coucher à la belle étoile, prends garde! Compris? »

Joachim est une sorte d'esclave pour Rémi. Il porte les bagages des voyageurs, chauffe la gare, la nettoie et depuis toujours sert d'informateur. En échange, le maître de poste l'autorise à camper dans la bâtisse rouge. Joachim lui a livré un grand nombre de secrets; presque tout ce qu'il avait observé dans ses fonctions de fossoyeur les quarante ans que cela avait duré. Cependant, de peur d'être réprimandé vertement, il a longtemps omis d'informer Rémi de ce qu'il avait découvert sur le corps de Mathiews: le portrait d'une femme qu'il n'a pu identifier.

Ce n'est que tout récemment et dans un moment de confiance, comme seul Rémi est capable d'en inspirer, que Joachim lui avoua avoir remis au frère Côté la nuit même de l'enterrement le bien le plus précieux de Mathiews. « C'était son seul ami! » Tout ce dont il se souvenait, c'était que le portrait ensanglanté commençait à se souder sur la blessure du mort.

Rémi a fait jurer à Joachim sur sa propre tête de taire cette histoire; mais il ignorait que le fossoyeur en avait déjà parlé à Odiluce. Voyant la tête stupéfaite de son maître à la suite de cet aveu, l'ex-fossoyeur n'a rien dit du canif de nacre retiré des poches de Mathiews et sur lequel se lisait le mot BRITANNIC.

« Si tu continues de mal te comporter comme ce matin, je dirai où tu l'as prise, la Waltham! Même si tout le monde se doute que tu fouillais les vêtements des dépouilles, là, ils en auront une véritable preuve. Tu seras excommunié! »

La "chic montre" appartenait aussi à Mathiews. Joachim décide de jouer la soumission pendant que Rémi ajoute:

« À l'avenir, tu vas devoir faire preuve d'une plus grande docilité. En attendant, exécute ton travail correctement. Ensuite, tu iras surveiller l'arrivée du train. Surtout ne néglige pas de m'avertir lorsqu'il débouchera à la sortie du tunnel! »

La sortie du tunnel de la Grande-Pointe constitue l'endroit le plus critique pour la locomotive. La voie ferrée tend à s'enfoncer. Quand les éboulis d'automne et du printemps ne l'obstruent pas, c'est la neige qui s'en charge. La bouche du tunnel s'ouvre aux quatre vents.

Sous l'oeil attentif de Rémi, Joachim s'allonge sur le quai et étend les bras jusqu'à ce que ses mains s'agrippent au rail le plus proche. La barre suintante ne vibre pas encore. Il patiente quelques secondes puis s'étire davantage. Avec sa manche, il essuie le rail sur lequel il pose la tête sans crainte. Si sa cataracte l'empêche de voir venir de loin la locomotive, son ouïe ultrasensible et tous ses autres sens constamment en alerte compenseront bien le moment venu. L'intensité des claquements sur le métal froid lui dira où se trouve la locomotive. Les premières vibrations oscilleront dans l'acier lorsque l'engin roulera dans le tunnel.

Chapitre treizième

Jeanne glisse doucement le bout de ses longs doigts sur la peau soyeuse du visage de son fils. Épuisée, elle déploie de grands efforts pour conserver les yeux sur Émile qui semble enfin accepter de sommeiller.

À dix-huit ans, Émile se comporte comme un enfant qui n'en aurait que trois ou quatre. Doux et affectueux, il est incapable de passer plus d'une heure sans exiger une attention soutenue de sa mère. La nuit dernière, il ne tenait pas en place, énervé par les hurlements de son cousin Camille.

Pour chasser sa peur, Émile a couru partout dans la grande maison blanche. Il a virevolté en menant un train d'enfer dans une résidence encore habitée des silences d'autrefois, des silences lourds entre Jeanne et son défunt mari, Hubald. Des exemplaires tourtereaux qu'ils avaient été avant leur mariage, ils étaient devenus de tristes et mélancoliques époux.

La grande maison blanche est maintenant la prison d'Émile. Si par mégarde, il parvient à mettre le nez dehors, c'est qu'il aura réussi à déjouer la vigilance d'une mère exténuée. Perpétuellement agité et sans merci pour son corps, Émile se blesse en s'amusant. Chaque matin, il montre à Jeanne une nouvelle blessure qu'il s'est infligée lors d'une chute. Elle l'empêche de sortir, craignant qu'il ne se perde ou ne s'estropie gravement.

En naissant, les nains firent jaillir encore davantage la folie du coeur perturbé de Jeanne. Ils devinrent encore plus exigeants après la mort de Hubald dans l'incendie de l'église de Maillard. Jeanne refusa toujours de se séparer de ses fils, particulièrement d'Émile, en dépit des pressions de son entourage. Le seul fait qu'on les rejetât décupla son affection. Elle ne voulut jamais les conduire à l'hospice de Baie-Saint-Paul qui n'accueille pas seulement les vieillards et les pauvres sans abri. Il enferme aussi à double tour plusieurs enfants issus *d'amours coupables* entre cousins et cousines de Charlevoix. Les déshérités sont vite oubliés sur la liste des épreuves subies sans révolte. Lorsque les infirmités gênent trop les familles éprouvées, les enfants malchanceux sont conduits au petit matin dans cette société parallèle. Sans le savoir, les vieux abandonnés par leur progéniture côtoient parfois leurs propres petits-enfants.

On chuchote encore que l'union de Jeanne et de Hubald a favorisé l'éclosion des déficiences dans le corps et dans l'esprit d'Émile. Dans l'enthousiasme général causé par les projets de mariage entre le plus beau garçon du village et une superbe jeune fille, personne n'avait découragé l'union consanguine. À la naissance des enfants, ç'avait été la fête.

Tous s'approprièrent les enfants « engendrés par le couple idéal ». Partout, on vantait leur charme. À croire que le village entier les avait conçus. Chose curieuse, la fête se déroula en leur absence. Le curé de l'époque avait interdit à Jeanne de sortir et de montrer ses nouveau-nés, prétextant leur fragilité. Docilement, personne n'insista pour les voir réunis, se contentant de dire d'eux les plus belles choses. « Quel événement pour des enfants qui n'allaient pas grandir et de paternité douteuse », devait cependant déclarer plus tard Rémi, le Grand Prince!

À force de questions et d'observations, l'ancien curé Fortin déduisit que Jeanne avait conçu ses enfants avec quelqu'un d'autre que son mari. Tous les hommes de Maillard avaient tourné autour d'elle. Encore aujourd'hui, certains rêvent de ses faveurs. Si ce n'était du climat étrange enveloppant sa maison, ceux-ci tenteraient de lui rendre visite.

Sans sourciller, respirant lentement, paisible et le corps immobile, Jeanne pousse le berceau dans lequel s'est engouffré Émile. L'oeil perçant et grand ouvert, elle fixe une plaquette en fer-blanc clouée sur le berceau noir.

Les mouettes et les corneilles se pourchassent. À tour de rôle, elles fendent l'air. Le cri des corneilles, court et rauque, se perd dans les champs, tandis que les appels des mouettes, plus longs et stridents, percent le ciel du village avant d'aller s'évanouir dans la montagne. Les cris s'étouffent dès que les corneilles se secouent sur les piquets de clôture, devenus de véritables miradors.

Les bruits matinaux s'associent aux odeurs. La senteur de charbon mouillé, entassé en grande quantité sur le quai de la gare, submerge celle des bêtes. Sur un demi-mille d'étendue, enivrés par l'odeur dominante de la mer, des vaches, des moutons et des chevaux broutent le long de la ligne de chemin de fer.

Les gestes et les mouvements des citoyens de Maillard, de même que ceux de leurs bêtes, s'accordent avec le paysage. Ce grand tableau, dans lequel tout bouge lentement, impressionne Odiluce. Tout semble prévu, réglé d'avance. La moindre goutte de pluie se brise au sol, sur l'eau et sur les toits à des moments tout à fait choisis. Les prévisions de température constituent le jeu favori des Maillardiens. Il ne se passe guère une journée sans que quelqu'un ne parle du temps qu'il fait, de celui qu'il fera dans une semaine ou dans un mois. Souvent, les habitants oublient le bonsoir et le bonjour pour se dire la couleur et les humeurs du temps. Aussi, dans chacune des maisons de Maillard, les horloges occupent une place primordiale. Elles remplissent tous les silences. Leurs carillons, les vents, les pluies, les neiges, les brouillards et les marées enrobent chaque instant de la vie quotidienne. Le temps qu'il fait dehors et celui que mesure le mouvement des pendules sont siamois. Le moindre dérèglement de l'un comme de l'autre apeure les villageois.

Les cloches de l'église de Maillard menacent sans cesse. C'est avec elles que le curé impose son ordre et interpelle les consciences au grand désagrément d'Odiluce qui trouve qu'il s'en sert uniquement pour brandir les périls de l'éternité. « Elles sonnent beaucoup trop longtemps pour les enterrements et pas assez pour les bonnes nouvelles. » Les seules fois qu'elle éprouve du plaisir à les écouter, c'est lorsque les enfants se balancent à leurs cordes au moment les plus inattendus dans le but de provoquer la colère d'Aurèle. Le petit garçon qui les sonne avec le plus d'insistance devient le héros du jour parmi ses camarades. Odiluce sourit en pensant qu'elle a joué à ce jeu longtemps sans que personne ne la soupçonne.

À la croisée du chemin de la gare, Odiluce vire brusquement sur la droite. Elle se dirige maintenant droit vers la gare, face à la mer. Ce changement subit de direction ne semble pas avoir été prévu. Le geste va à l'encontre de ses habitudes. Odiluce ne sourit plus. Son front se plisse alors que ses grands yeux bruns balayent tout devant, jusqu'au chemin de fer. Sa marche quotidienne qui la ramène à la maison, où plus personne ne l'attend si ce n'est un vieux chien fidèle, s'interrompt et elle en prend conscience. Pourtant, elle se retenait de bifurquer dans cette direction.

À Maillard, outre le chemin principal traversant le village d'est en ouest, il n'y a que deux petites voies tracées dans l'axe nord-sud. Elles parcourent tout au plus deux mille pieds. La première, la plus vieille, mène au quai et à la mer, tandis que l'autre conduit jusqu'à la gare du chemin de fer.

Odiluce regarde Joachim se balader sur l'une des voies ferrées. Il lui fait penser à un vieux chat de gouttière qui joue les équilibristes pour épater les plus jeunes de sa lignée. Ses talents de funambule étonnent toujours. Plusieurs associent ses prouesses sur le chemin de fer à celles qu'il exécutait lorsqu'il exerçait son métier de fossoyeur « alors que les morts cherchaient à le faire trébucher dans les fosses pour s'en débarrasser ».

Quand Joachim fait le pitre sur la voie ferrée, c'est pour annoncer que le train approche. Il se prépare à défier la locomotive qui, de toute façon, s'immobilisera avant d'arriver en gare pour éviter de l'écraser. Les conducteurs sont accoutumés à ses folies et font tout pour l'effrayer: ils s'amusent à laisser sortir les surplus de vapeur par tous les orifices possibles à quelques pieds de lui. Ils savent que dès ce moment l'ex-fossoyeur courra se réfugier dans la gare. C'est ainsi que Rémi sera prévenu de l'immobilisation du train. Pour le moment, la locomotive est encore loin. Joachim ne danse que très lentement.

Chapitre quatorzième

Les malades, les vieillards et les religieuses quittent la rangée de fenêtres de l'hospice en s'interrogeant. Donatien Gagnon n'a pu franchir les portes de la résidence. Jusqu'à ce matin, il circulait à sa guise dans l'hospice, enrégimentant à l'occasion le personnel de la cuisine dans le seul but de promouvoir et d'écouler sa marchandise! Voilà maintenant que l'interdit le plus strict le frappe! Tous l'ont vu parlementer, supplier et se déplacer d'un porche à l'autre pour essayer de s'introduire. Chacun s'en retourne vers son dortoir et son lit la tête basse, un peu honteux d'avoir participé au blocus et au refoulement du maire de Maillard. Les employés reprennent leurs vadrouilles et leurs balais, puis se remettent au travail.

« Comment ça se fait qu'on repousse sèchement et sans ménagement un homme si précieux et avenant? » demande, tout haut, soeur Ange-Aimée, la doyenne.

Ses compagnes disparaissent. Elles préfèrent ne pas risquer de réponse et la laissent parler toute seule.

« Est-ce qu'il y a quelqu'un qui pourrait m'expliquer pourquoi monsieur Gagnon qui nous apporte toujours de la bonne nourriture ne peut plus entrer ici?... »

Un étage au-dessus, soeur Marie-de-la-Paix à qui on ne refuse rien, bien qu'elle ne soit pas officiellement en position d'autorité dans l'hospice, reçoit l'ordre de se présenter immédiatement au bureau de la mère supérieure. La novice qui lui a tendu le billet n'ose la regarder et s'en retourne gênée. Elle connaît les raisons de la convocation. Soeur Marie-de-la-Paix va devoir se justifier pour le mot d'ordre lancé plus tôt ce matin: « Ne laissez entrer Donatien sous aucun prétexte, mes filles », avait-elle glissé à l'oreille de quelques préposées aux portes.

Le désir de la gardienne du frère Côté s'était propagé jusque sous tous les porches et, bien sûr, chez soeur Gertrude. Il n'en fallut pas plus pour rendre la supérieure furieuse, exaspérée de subir l'influence clandestine de soeur Marie-de-la-Paix. Une fois pour toutes, elle va tenter d'y mettre fin. L'affection et l'intérêt que les religieuses portent au marchand de viande devraient suffire pour isoler sa rivale. Soeur Gertrude se promet bien de ne pas rater pareille occasion.

Malgré les fourberies de Donatien, les religieuses, dans l'ensemble, le trouvent généreux, affable et attentionné. L'odeur des piastres lui fait prendre les mimiques les plus saugrenues. Donatien s'ajuste à la tête de son client et les soeurs adorent ça. Chaque sourire distribué çà et là à volonté et à pleine bouche aux regards affamés correspond à une nouvelle somme d'argent. Le marchand savoure chacune de ses transactions comme une victoire. Juste pour le plaisir de transiger, il consent à vendre à perte bien qu'il arrive à peine à joindre les deux bouts et à nourrir ses dix enfants.

Donatien ne doit sa subsistance et celle de sa progéniture qu'aux bêtes qu'il dépèce et qu'il aligne en quartiers comme s'il rangeait des lingots d'or dans un coffre-fort. Il aime se donner en spectacle, fournir l'impression de posséder beaucoup et d'exercer un contrôle parfait sur tout. Sa Ford, ses quartiers de boeuf, ses bottes d'équitation et son abattoir sont à ses yeux autant de manifestations de sa réussite.

Dans son uniforme de boucher, Donatien est aussi fier qu'un capitaine de frégate montant pour la première fois sur la passerelle de son nouveau navire. Complexé du fait de ne pas être issu de la grande lignée des navigateurs de Maillard, il tire du grand. Il parle de tout et de rien et se prononce sur la fabrication de chaque objet comme s'il en était le créateur. En sa qualité de premier magistrat, il ne se gêne aucunement pour interrompre les conversations, les brouillant et semant la confusion la plus totale.

Le jour du meurtre de Mathiews, sur l'heure de midi, Donatien s'affairait à ébouillanter les cochons saignés par son père, boucher comme lui. À cette époque, il avait vingt-deux ans. Il prétend ne rien savoir de ce drame et n'avoir été en aucune façon témoin de l'exécution de l'étranger. Lorsqu'il en est question, comme les autres Maillardiens, il se fait timide et contrarié. Il s'agit bien du seul sujet sur lequel il ne dise jamais un mot, à moins d'être poussé à bout. Dans ce cas, il avance des hypothèses tout aussi invraisemblables les unes que les autres. Plus tôt ce matin, lors de sa rencontre avec Odiluce, la mort de Mathiews a été évoquée. Au cas où il ne pourrait ramener le vieux frère au village, elle a exigé qu'il l'interroge sur son compagnonnage avec Mathiews à la Grande Pointe. Quels sont les objets qu'aurait volés Mathiews dans l'ancienne église de Maillard? D'où venait cet homme, de quel pays? Enfin, où pouvait-il bien aller toutes ces nuits pendant lesquelles le fanal brillait à l'attendre? Toutes ces questions risquent de devenir publiques à n'importe quel moment. Donatien est l'être le plus bavard de Charlevoix. Mais, pour l'empêcher de parler, Odiluce lui a fait miroiter ses faveurs après l'avoir menacé de dévoiler ses petites audaces des derniers mois.

Encore assis sur ses boîtes de marchandises, Donatien jongle à la meilleure façon de tirer parti de la situation. Désespéré, il cherche comment entrer dans l'hospice tandis que, là-haut, le frère Côté respire mieux. Content et soulagé qu'on ait réussi à refouler le marchand, le religieux se ressaisit, ferme les yeux. Il évacue de ses poumons un air vicié resté bloqué dans sa poitrine par les bruits de la Ford. Le frère Côté avait senti le danger après avoir observé le trouble et l'anxiété sur le visage habituellement paisible de soeur Marie-de-la-Paix.

Depuis quelques jours, le frère Côté n'a pu trouver un instant de repos, lui qui comme un enfant, s'assoupit toutes les deux ou trois heures. Il sait que Donatien cherche à lui parler, à lui fouiller le fond de l'âme, à l'interroger, et qui sait, peut-être même à le tuer? Il n'a que soeur Marie-de-la-Paix comme protectrice et redoute qu'elle aussi ne se transforme en bourreau. Ses sourcils se remplissent de sueur. Il presse sur son corps haletant et squelettique le portrait que lui avait remis Joachim.

Soeur Marie-de-la-Paix incline la tête et joint fermement les mains sur la petite croix en métal qui scintille entre ses doigts. Elle regrette. Son esprit et son coeur sont devenus complices, l'espace d'une fraction de seconde, pour foudroyer sec le vieux frère. Elle se repent d'avoir désiré la mort subite de cet homme inquiétant et insaisissable qui feint de dormir, là juste devant elle. Son calme ressemble plus à un geste de provocation qu'à l'un de ses multiples assoupissements commandés par la vieillesse.

Il a fallu beaucoup d'efforts et de maîtrise à soeur Marie-de-la-Paix pour ordonner aux religieuses de ne pas laisser Donatien entrer dans l'hospice. Il y a quelques jours, Odiluce a fait parvenir à la religieuse une lettre qu'elle avait soigneusement enfouie dans une boîte de vieux vêtements destinée aux malades. Pour le plaisir de se jouer du maître de poste, elle a fait transporter la boîte par la fille de Rémi qui était chargée, ce mois-là, de recueillir des dons pour les résidents de l'asile.

Dans sa lettre, Odiluce réclame que le frère soit confié au marchand afin qu'il le ramène à Maillard pour la Toussaint. Elle annonce qu'il sera confronté à d'autres personnes au cimetière et ne ménage pas ses mots pour l'accuser d'être un voleur. De plus, elle lui reproche d'avoir laissé accuser un « innocent » à sa place et par conséquent d'avoir causé sa perte. Pour preuve de ses affirmations, Odiluce suggère de vérifier ses dires avant de livrer le frère à Donatien :

« ... si le frère Côté, que je crois toujours vivant, malgré son âge avancé, possède une étole verte aux contours brodés de fils d'or et si le nom de Maillard apparaît au revers, juste à l'endroit où il touche le cou, c'est lui le voleur. J'en suis certaine. Tout concorde... »

En effet, la veille au soir, soeur Marie-de-la-Paix a découvert les traces révélatrices. Même si les fils d'or ont quitté leurs trous d'origine depuis longtemps, elle a pu, en plissant les yeux, reconnaître leur parcours passé. Le mot « Maillard » fut de toute évidence cousu sur l'étoffe brûlée par la sueur et le temps au point d'avoir l'air d'une quelconque guenille.

« ... Je tiens cette information de Xavier, le premier capitaine de la Mary Lucia, une goélette que vous connaissez sûrement puisqu'elle a accosté souvent devant l'hospice. C'est Xavier qui reconduisit le frère chez vous autrefois. Si ce que je vous écris se révèle juste, vous ne pouvez plus garder cet homme sous votre toit. Il appartient à la justice. Monsieur Gagnon a été chargé par ses concitoyens de l'importante mission de le ramener à Maillard... »

Personne d'autre qu'Odiluce à Maillard n'a la moindre intention de sortir le frère Côté de sa retraite. D'ailleurs la plupart le croient mort et se satisfont de sa disparition. Odiluce le sait parfaitement et n'est pas non plus sans ignorer que ses concitoyens essaient d'oublier les audaces du frère et de Mathiews. Le village a retrouvé sa stabilité. Il n'est plus question de brasser encore l'affaire de l'exécution, un événement à ce point piégé pour la conscience de certains qu'il a été retiré du paysage des souvenirs officiels pour devenir quasiment une imposture de la petite histoire.

On ne parle jamais publiquement de la mort de Mathiews. Elle ne fait l'objet que de rares commentaires, et entre intimes. Le curé Boucher a déjà déclaré que « personne n'a à se dresser en accusateur ni en défenseur de quiconque dans cette affaire ». Il a plutôt suggéré de « laisser au Seigneur toute la responsabilité de juger ».

Cependant, l'écriteau laissé par son prédécesseur est toujours fixé sur l'une des portes de l'église. Il prend parti et condamne. En dépit de son appel à la tolérance, le curé lui-même insiste pour que la condamnation reste clouée là, à la même place. C'est à cause de cela qu'Odiluce a encore claqué les portes de l'église ce matin. Elle s'applique à décrocher la condamnation qui a cantonné Mathiews là-haut, à la Grande-Pointe à la merci d'un demi-fou. Il lui arrive de ne plus savoir où cela la mènera de creuser autant dans la mémoire du village, mais elle ne peut résister.

Aurèle n'en finit plus de poser des petites braquettes pour réparer le cadre de bois contenant l'interdit de célébrer la messe de Noël ailleurs que dans l'église de Maillard. Automatiquement, sans même vérifier les dommages qu'a pu causer Odiluce, il va quérir un marteau dans le coffre d'Émilien et cogne avec insistance sur l'écriteau. Comme d'habitude, Aurèle obéit aux ordres du curé même si, dans ce dernier cas, il se fait un point d'honneur de les devancer un peu.

Chapitre quinzième

Étonné, Jean, l'enfant de choeur, n'arrive pas à y croire: Odiluce se dirige tout droit vers la gare. Quelque chose d'inhabituel se prépare. Il ne l'a vue prendre cette route que très rarement. Depuis des années, elle file directement jusqu'à sa demeure après la messe et ne modifie à peu près jamais son trajet, si ce n'est pour s'attarder devant la maison des nains ou sur la butte d'Eugène pour toiser Lucienne.

Ce matin, Jean a décidé de ne pas aller à l'école pour suivre Odiluce. Il compte bien que les religieuses passeront de nouveau l'éponge et que le curé n'en saura rien. Il attend le moment propice pour l'aborder. Obligatoirement, elle devra le croiser pour repartir vers la maison. À moins qu'elle ne décide de se mouiller les pieds en coupant à travers champs. Il souhaite lui parler, ce qu'elle évite habilement ces derniers temps. À tout le moins, il est certain de la rejoindre sur le quai de la gare, si elle se rend jusque-là.

Jean ne veut plus perdre un seul instant à se demander ce qu'il convient de faire ou de ne pas faire et décide de foncer lui aussi vers la gare. Il veut saisir cette occasion privilégiée pour rattraper Odiluce et, peut-être, selon ses réactions, lui poser quelques questions. Les accrochages avec Lucienne l'intriguent de même que les courts entretiens qu'elle a eus avec Donatien. Il est même un peu jaloux de cela, ayant été le seul, à part Camille, à pouvoir échanger vraiment avec elle. De plus, il aimerait savoir pourquoi elle s'attarde tant aux fenêtres de la grande maison blanche.

Pour la première fois depuis des mois, Jean a l'impression de sortir du labyrinthe dans lequel Odiluce l'entraîne. Il voit tous les jours se briser le rituel imposé. La pensée qu'il va pouvoir l'aider à résoudre ce qui la tourmente lui donne des ailes. Son coeur s'emballe d'amitié pour la seule grande personne qui lui ait vraiment accordé de l'attention et daigné écouter ses rêves.

Le brouillard continue de fondre sur le fleuve, juste assez pour dégager la coque d'un charbonnier noir luisant. Il donne l'impression de sortir tout droit d'un chantier naval. Odiluce est persuadée qu'il en est à son premier passage devant Maillard. Autrement, elle l'aurait déjà aperçu. Elle tire un calepin et un crayon d'une poche creusée dans son manteau à la hauteur de la poitrine. Une fois la mine de plomb humectée de salive, elle note ses impressions sur le navire qui se bat contre le fort courant du fleuve:

« ... Un superbe bateau à doubles cheminées blanches très penchées vers l'arrière file vers Québec. Trop fin et trop délicat pour l'Atlantique, il ne vient sûrement pas d'outre-mer. Cabine au centre... deux mâts... propulsé à la vapeur... »

Elle ne le perd pas de vue et, tout en marchant, le dessine, puis lui donne un nom de code « fragile ». Depuis des années, Odiluce collectionne les croquis de navires et les baptise. Ce dessin ira en rejoindre des dizaines d'autres au grenier.

« ... Il prendra au moins une bonne heure pour atteindre la Grande-Pointe. Mal aligné, on dirait qu'il va aller s'échouer sur les battures. La mer est forte et l'empêche presque de se détacher de la pointe ouest de l'île aux Coudres... »

La nuit, lorsque le vent vient de la mer et que le temps est doux, le découpage de l'eau par les grandes hélices des navires peut être entendu jusqu'au village. Mais, ce matin, les bruits multiples de la nature couvrent les efforts du charbonnier. « ...Mathiews n'a jamais navigué sur ce navire! » Déçue que Fragile ne vienne pas d'Irlande ou d'Écosse, Odiluce prend quand même soin de mémoriser les renseignements rédigés avant de refermer son calepin.

La marée atteint sa pleine hauteur sur les rives de Maillard et s'apprête à retraverser le fleuve en sens opposé pour aller recouvrir à leur tour les berges de Saint-Jean-Port-Joli, en face. Dans trois ou quatre heures, autour de midi, toute la devanture Maillard ne sera plus qu'un immense miroir de vase.

Odiluce constate que le temps gris s'en va s'installer juste au-dessus de la montagne. Les lumières du beau et du mauvais temps déchirent le village en deux. Dans sa partie la plus habitée, autour de l'église, il vire à l'ennui encore une fois. À Maillard, le soleil a pris l'habitude de se laisser bafouer et chasser à tout bout de champ par la grisaille. Le village semble s'emmitoufler sous ce temps lourd qui étouffe la moindre velléité de liberté et tue même le goût de mettre le cap au sud qu'attise le soleil. Tous les villageois finissent par devenir complices du mauvais temps dans une conspiration où tout changement d'habitude devient suspect. Comme le soleil, la danse et la joie font figure d'importuns de la pire espèce.

Un couple de mouettes tournoient comme des papillons au-dessus d'Odiluce et réclament leur ration de pain. La passante en a toujours quelques morceaux dans ses poches. Elle aime ces oiseaux d'éternité, inlassables. À toute vitesse, sous la pluie comme dans le brouillard le plus épais, ils frôlent les flancs de montagne sans jamais s'écraser sur son roc. Odiluce s'étonne de ne jamais en découvrir un de mort dans un fossé ou sur la grève. Elle les envie de se déplacer si vite, si librement et de survoler sans contrainte le village.

Odiluce compte aussi des amis chez les pigeons. Il y a trois colombiers dans le village; un chez le maire, un autre au presbytère et un troisième au beau millieu du toit de la grande maison de Jeanne. Odiluce ouvre souvent les portes des cages et incite les oiseaux à s'échapper. Mais elle n'ouvre à peu près jamais leur geôle après la pluie. À la suite d'une ondée, c'est aux mouettes et aux goélands que revient le repas copieux servi par la terre humide. Cependant, dès que les labours s'assèchent et que les oiseaux s'envolent pour piller les bancs de sardines, elle libère les pigeons. Ce matin, il fait encore trop humide pour ouvrir les pigeonniers du marchand, et les mouettes regroupées autour d'elle l'en avertissent. De deux qu'elles étaient à la survoler, elles sont maintenant une bonne douzaine. Silencieuses, elles volent vite. D'autres, loin devant, sautillent sur les rails du chemin de fer à la grande joie de Joachim qui leur lance des:

« pit...pit...pit...venez...venez...pit...pit...blé d'Inde...blé d'Inde...pit...pit... »

Il veut les séduire, en attraper une, croyant dur comme fer qu'il s'agit des pigeons du curé, mieux connus sous le nom de *petites colombes*. Et le plus surprenant c'est qu'une des fausses colombes du curé Boucher se trouve parmi le groupe compact de mouettes. Odiluce l'a libérée ce matin après avoir accroché à l'une de ses pattes un message destiné à soeur Marie-de-la-Paix.

De crainte que la lettre envoyée plus tôt cette semaine à l'hospice n'ait été interceptée, Odiluce avait décidé d'utiliser de bonne heure le plus beau pigeon du colombier comme messager. Mais, vite troublé par la liberté, l'animal n'est pas allé très loin et n'a pas dépassé le chemin de la gare dans sa course vers l'est. Il a choisi de se mêler au vol et aux jeux des mouettes autour de la gare.

Les yeux rieurs de Joachim brillent. Aussi rusé qu'un renard et malgré sa cataracte qui ne lui laisse voir que de petits nuages blancs très compacts, il s'approche des bêtes et finit par en empoigner une par le bout de l'aile. Il la tient solidement et l'enfouit sans chercher à la regarder entre ses mains qui se transforment en étau.

Quelle catastrophe! L'oiseau imprudent est nul autre que le messager d'Odiluce, le pigeon du curé. Odiluce s'affole: « Joachim risque de découvrir le billet! » Elle connaît sa haine pour le curé et ses fausses colombes. « Je ne donnerais pas cher pour sa vie! » Mais, tout de suite, elle se ressaisit en se disant que le serviteur de Rémi ne voit pas clair. « Il va peut-être mettre ses menaces à exécution sans tarder, puis ensuite lancer la bête morte à la mer sans découvrir ce que j'ai écrit à soeur Marie-de-la-Paix », espère Odiluce.

En raison de son total manque de confiance en la poste royale de Rémi, Odiluce avait soigneusement préparé le plus petit des pigeons du curé à ce voyage vers l'hospice. De plus, elle avait choisi cette façon bien particulière de communiquer en estimant que soeur Marie-de-la-Paix accorderait de la crédibilité à un message livré par l'un des pigeons du curé de Maillard. Le plus grand pigeonnier du tout Charlevoix se trouve à l'hospice et sous la responsabilité de cette religieuse, spécialiste réputée en matière de vol de pigeons. On vient de partout pour la consulter sur l'élevage des pigeons voyageurs.

Odiluce n'arrive pas à croire à sa malchance: « J'ai passé tant d'heures à le nourrir, à le flatter, à le caresser jusqu'à ce qu'il roucoule de reconnaissance! » Au début, elle détestait cet animal tout simplement parce qu'il appartenait au curé dont il avait l'air prétentieux et dominateur. L'attention qu'elle lui accordait n'était que du calcul. Mais, avec le temps, la petite bête réticente et la visiteuse du matin se prirent au jeu de l'affection. Ce n'est pas sans un serrement au coeur qu'elle souhaite que Joachim la jette à la mer. Pour que les choses soient moins difficiles, elle s'efforce de haïr Courrier-du-Matin. C'est ainsi qu'elle l'a surnommé. « Il a fallu que le temps reste à la pluie et que Courrier-du-Matin, pourtant rassasié, aille se vautrer dans les champs. Une chance que j'ai envoyé l'autre lettre dans ma boîte de vieux linge. »

Chapitre seizième

Empêtré dans sa soutane trop courte qu'il remplit de ses bourrelets, le curé court comme un fou sur le chemin de fer afin de rattraper son pigeon. Il a constaté sa disparition après la messe et le cherche depuis plus d'une demi-heure. Quasi hystérique, les bras en l'air et gigotant, il s'époumone à sommer Joachim de relâcher l'animal *innocent*. L'ex-fossoyeur, qui entend fort bien les lamentations de son curé, ne lève même pas la tête et ne prend conscience qu'à ce moment que l'oiseau attrapé n'est ni une mouette ni un goéland, mais bel et bien un pigeon du curé. Heureuse surprise! Il ouvre toute grande sa bouche édentée et rit. Une trentaine de pieds derrière le curé, le bedeau Aurèle, bâton à la main, galope.

« C'est à croire qu'il pourchasse le diable », pense Martin en riant tout haut. L'organiste qui suit lui aussi au pas de course savoure la joie de voir le curé prendre panique et son bedeau s'énerver au point d'en perdre la raison. « Sûrement dans le but de plaire à son curé! »

Les rires de Martin et les cris désespérés du curé sont entendus dans toutes les classes du couvent. Les soeurs se ruent au dehors avec leurs élèves. Tous se cramponnent au garde-fou de la galerie qui fait le tour de la bâtisse. Les écoliers les plus sages restent aux côtés des religieuses et gardent le silence comme s'ils étaient encore en classe. Mais la plupart profitent d'une période de récréation inattendue. Toutes les balançoires sont occupées.

« Ça n'arrive pas tous les jours que monsieur le curé processionne en trottant sur la voie ferrée! déclare l'une des soeurs.

— Surtout à l'heure où le train se pointe habituellement! renchérit sa compagne, plus moqueuse.

— J'ai bien l'impression qu'il a décidé de régler ses comptes une fois pour toutes avec Joachim. Y'a dû faire encore un mauvais coup. Regarde-moi ça comme le curé est en colère. Mon Dieu! »

La tranquillité légendaire de Maillard est troublée. Le pigeon égaré et menacé de mort suscite l'émoi. C'est un sacrilège que de toucher aux pigeons du curé Boucher. Mais c'est dans le coeur d'Odiluce que l'émotion est la plus grande: Courrier-du-Matin est porteur de mots embarrassants qui dévoilent une partie de ses secrets, des morceaux de vérités troublants à recoller.

Tout va vraiment trop vite. Odiluce n'avait pas envisagé une seule seconde que la missive soigneusement enroulée à la patte de l'animal pourrait être découverte par quelqu'un de Maillard. Jamais les pigeons du curé n'avaient dérivé de leur vol. Ils avaient toujours porté leurs messages aux destinataires prévus!

Sur le chemin de fer, la panique grandit. Le curé de même que le bedeau sont dans tous leurs états, et leur colère augmente quand ils voient Martin se moquer d'eux. Joachim jubile et mijote sur la façon d'échapper à la poursuite tandis que Rémi sort de la gare en prenant son allure de général de cavalerie. Il se dresse, analyse la situation, retire lentement de sa bouche la pipe serpentine, puis, de son intonation la plus digne, ordonne à Joachim de cesser immédiatement de s'acharner sur les mouettes. Il saisit cette occasion pour montrer qu'il possède davantage d'autorité que son curé et se flatte d'avance d'une éventuelle obéissance. Sans même vérifier le résultat de ses paroles le Grand Prince s'en retourne. Mais, au fond de lui-même, il espère que Joachim va lui désobéir. Il a vu le pigeon du curé entre les mains de Joachim.

Sur le chemin de la gare, Jean arrive presque à la hauteur d'Odiluce. Elle s'arrête, embarrassée par l'incident qui se déroule devant elle et dont le dénouement reste imprévisible.

Seule l'arrivée du train peut empêcher l'irréparable de se produire. D'abord, elle se tourne en direction de la tour d'horloge du quai pour chercher l'heure: 8 h 10. Ensuite, elle regarde vers la

Grande-Pointe où l'on peut apercevoir le train en premier lieu. « Il devrait pourtant être déjà en gare à cette heure-ci. On dirait qu'il ne va plus jamais venir, ce train! Il pourrait chasser tout ce monde du chemin de fer et Joachim laisserait Courrier s'envoler! »

Odiluce se croise les doigts un moment, puis remet les mains dans ses poches pour aplatir encore plus fort la boule de papier brun, la lettre de Louisa. Elle se contracte en haussant les épaules, comme si elle frissonnait. Quant à Jean, il se gèle les deux pieds dans une flaque d'eau et claque des dents. Elle trouve qu'il est trop près.

Tout se brouille dans la tête d'Odiluce: les espoirs, les inquiétudes, les appréhensions, les malheurs et les joies. Des sentiments contradictoires l'assaillent. Elle lutte à la fois contre la tentation de rebrousser chemin et un puissant désir de foncer plus vite vers la gare. Il lui serait tellement plus facile de repartir en direction de la maison, de tout oublier, de renoncer. Son imagination prend le contrôle de sa raison et fige les personnages sur la voie ferrée. Ils ne bougent plus. Dans sa goélette, Camille dort sur la roue. Tous attendent que quelqu'un ou quelque chose donne une nouvelle impulsion à leur vie et leur réinvente un destin différent. Dans ce monde irréel révélé par l'émotion, la nature se tait complètement. Odiluce n'entend plus les bruits du village et, tout autour, les mouettes et les goélands se réconcilient. Ils volent au ralenti, si près du sol et si lentement qu'ils décrochent presque du ciel. Dans les champs, les moineaux ne s'arrachent plus les vers de terre et les morceaux de légumes mal extirpés qui pourrissent dans les rangées de labours. Pour l'instant, ils renoncent aux grains d'avoine perdus dans les mauvaises herbes vivaces d'octobre.

Odiluce retire les mains de ses poches et les lève jusqu'à ses yeux pour en interroger les paumes. Elle cherche la sécurité dans sa ligne de vie et le courage dans celle du coeur. Pour revenir de l'évasion du rêve, elle presse un à un le bout de chacun de ses doigts, glisse la main droite entre les boutons de bois noir de son manteau et la pose sur la pointe de son coeur. Il bat fort, aspirant rapidement chaque souffle.

Soudain, Joachim tue la bête. Il lui brise le cou en l'écrasant avec ses deux gros pouces. La tête de l'animal s'affaisse, inerte. Les yeux de l'ex-fossoyeur brillent de satisfaction.

En quelques secondes, Odiluce, d'extrêmement nerveuse qu'elle était, se sent presque détendue. La vie, l'espoir reviennent en elle avec la mort de la bête. À peine a-t-elle eu le temps de relâcher les épaules et de reprendre son souffle qu'elle recommence à s'inquiéter. « Maintenant, il faut que Joachim lance Courrier à la mer. La marée doit l'entraîner et l'engloutir avec la missive! »

« ... *Soeur Marie-de-la-Paix, demandez au frère Côté le nom de la femme séduite par Mathiews à Maillard. Ce renseignement revêt une grande importance. Tâchez de le savoir. N'utilisez pas le pigeon pour me répondre. Envoyez-moi plutôt des broderies et, sur l'une d'elles, cousez le nom de la femme aimée, de même que l'année où cela a pu se produire...* »

Le curé tempête toujours et se débat comme une anguille prise au piège. Il crie à tue-tête. Ses plaintes résonnent jusqu'au coeur du village, jusque chez Lucienne. Il détache de sa taille une large ceinture de cuir brun et la fait siffler au-dessus de sa tête blanche pour menacer Joachim qui affiche un air victorieux. Satisfait de son crime et heureux de s'être enfin vengé d'avoir été injustement chassé du cimetière, Joachim ne se laisse pas intimider.

Aurèle évite de justesse le coup de ceinture destiné à Joachim. Il a bien failli le prendre en pleine figure. Encore sous l'effet de la surprise, il essaie de ramener le curé à la raison. Il lui signale, en vociférant, que trop de témoins assistent à la dispute et, pour prouver son affirmation, désigne les religieuses et les écoliers.

« Vous serez jugé sévèrement si vous manquez publiquement au pardon que vous prêchez continuellement. Monsieur le curé, calmez-vous, pour l'amour du ciel! Au moins, faites semblant! »

Le curé ne veut rien entendre.

« Attendez que je lui mette la main au collet, à ce damné croque-mort! Une vraie peste! Et toi, Aurèle, mêle-toi de tes oignons et suis-moi. On va voir ce qu'on va voir! »

Aurèle n'a pas vu que les vieilles femmes, qui suivaient les pas d'Odiluce depuis leur fenêtre, ont toutes tourné la tête en direction du chemin de fer. Chacune imagine une raison à l'affolement du curé. Elles ne peuvent apercevoir Joachim déjà retranché sur le quai de la gare, ni Rémi arrivé à l'intérieur de la vieille bâtisse en bois rouge qui sert de salle d'attente aux très rares voyageurs de Maillard. Odiluce et Jean sont les mieux placés pour ne rien perdre du règlement de compte entre le curé et l'ex-fossoyeur.

À la porte de la forge, les hommes attribuent ce branle-bas au fait que Joachim s'apprête à défier encore la locomotive et qu'on cherche à l'en dissuader. Au couvent, les écoliers restés sur la galerie aperçoivent Jean et l'envient d'être aux premières loges.

Chapitre dix-septième

Soeur Gertrude, femme de grande taille aux épaules rondes et au tempérament bilieux, contient mal sa colère. Elle fulmine d'impatience assise derrière son grand pupitre de chêne recouvert de documents parfaitement empilés sur un coin du meuble. Elle cherche ses mots en roulant entre ses doigts une grosse plume qui s'apprête à lâcher une goutte d'encre sur un sous-main sans tache. La seule présence de soeur Marie-de-la-Paix dans son bureau l'ébranle. Surtout que sa visiteuse sait lui tenir tête.

Au cas où la rencontre avec sa supérieure prendrait une tournure trop émotive, soeur Marie-de-la-Paix se dirige du côté des fenêtres. Ainsi, son regard pourra toujours se réfugier dans l'anse de Baie-Saint-Paul et elle se distraira en comptant les voyageurs qui débarquent du *Cap Diamond*. En provenance de la Baie des Ha!Ha!, le plus beau fleuron de la Richelieu Navigation Company inaugure cette semaine sa nouvelle route Saguenay-Montréal avec escale à Pointe-au-Pic, Baie-Saint-Paul et Québec.

Les officiers en tenue d'apparat s'échangent des appréciations sur le comportement de la marée. Malgré les préparatifs de la fête qui doit débuter autour de midi, le scepticisme grandit dans l'entourage du commandant: lourd de ses quatre-vingts passagers et d'une importante cargaison de marchandise, le *Cap Diamond* penche dangereusement du côté opposé au quai et ses roues à aubes risquent de s'endommager dans la glaise. Si la mer baisse encore, le grand navire rouge et blanc pourrait se renverser. La foule rassemblée sur le quai ne se doute de rien et salue chaleureusement l'équipage et les voyageurs qui se font rares sur les ponts en raison du vent froid. Les drapeaux claquent de plus en plus fort aux grands vents salins. Les enfants venus saluer le navire en compagnie de leurs parents se couvrent les oreilles avec leurs mains.

Bien que ses deux yeux soient braqués en direction du port, absorbée, soeur Marie-de-la-Paix ne s'intéresse qu'à une chose: ne pas se laisser impressionner ni meurtrir par les réprimandes de soeur Gertrude. « Pas question de m'expliquer! »

Incapable de mentir, la religieuse préfère se taire au lieu d'échafauder des mensonges pour justifier son geste. Sa supérieure se décide, débite une série de mots en rafale, l'enjoint de dire la vérité.

« Soyez franche! Soyez honnête et dites-moi pourquoi vous avez donné comme consigne de repousser monsieur Gagnon? »

Prudentes, les deux femmes se sont placées côte à côte plutôt que face à face. Elles cherchent à minimiser l'affrontement. Soeur Gertrude donne un solide coup de rein pour faire pivoter sa chaise de cuir rouge capitonné et regarde, elle aussi, en direction du *Cap Diamond.* Le silence pèse et se prolonge pendant de pénibles secondes, jusqu'à ce que la supérieure trouve autre chose à dire, contournant l'insolence de son interlocutrice manifestement déterminée à ne pas répondre.

« C'est à cause de vous que je ne suis pas allée accueillir nos soeurs qui sont sûrement arrivées à bord du *Cap Diamond* ce matin! Je le regrette. Le voyage de Port Alfred jusqu'ici est souvent difficile. Ça brasse toujours beaucoup dans le Saguenay, surtout à l'embouchure du fleuve. Les pauvres... comme elles doivent être fatiguées! Mais laissez-moi vous dire que je ne manquerai pas la fête sur le quai par votre faute. Nous allons régler le différend tout de suite! Vous me comprenez? »

Soeur Marie-de-la-Paix reconnaît bien là le ton mensonger de sa supérieure et aspire longuement par les narines pour lui indiquer qu'elle doute de sa sincérité. « Elle parle pour ne rien dire. Ça fait déjà une bonne semaine que des novices ont été déléguées pour aller chercher nos soeurs au quai. Vraiment! Quel courage! Je lui fais si peur? » Soudain, soeur Gertrude frappe avec sa main gauche sur son pupitre et déclare d'une voix vibrante:

« Vous avez jusqu'à l'heure des vêpres, soit cinq heures ce soir, pour soulager votre conscience. Après l'office, au cours duquel vous méditerez sur votre faute, présentez-vous ici! Est-ce que je me fais bien comprendre? »

Soulagée de s'être enfin emportée et d'avoir affirmé son autorité, elle lui indique le chemin de la porte.

« De plus, je vous informe que j'ai donné tout à l'heure un contre-ordre pour que monsieur Gagnon puisse pénétrer de nouveau dans notre institution... Ça vous apprendra! Vous aurez l'air tout à fait ridicule! »

Après ce qu'elle vient d'entendre, l'inquiétude commence à transparaître sur le visage de soeur Marie-de-la-Paix. Mais elle ne laisse pas à sa vis-à-vis le loisir ni le plaisir de le constater et fait mine de s'approcher d'elle. Soeur Gertrude arrondit davantage ses épaules. Elle se donne toujours cette carrure lourdaude avant de lancer ses ordres.

« Sachez aussi que je fais porter immédiatement des directives à notre aumônier. Je vous conseille de rencontrer le père Racine. » Et brandissant la note: « Avec ceci, il va vous recevoir sans délai! »

Soeur Marie-de-la-Paix ne réagit pas. C'est comme si elle n'avait rien entendu, mais un bruit de porte la fait broncher. Une novice qui écoutait sûrement derrière entre sans frapper et se dirige tout droit vers soeur Gertrude qui achève de rédiger son billet.

Malgré la frustration qu'elle ressent, soeur Marie-de-la-Paix ne peut s'empêcher de sourire: la goutte d'encre, qui hésitait à la pointe de la plume de sa supérieure depuis une bonne dizaine de minutes, s'écrase tout juste sur sa signature. La dernière gaucherie de soeur Gertrude sera connue par toutes les religieuses de l'hospice dans moins de cinq minutes. La novice, qui se retient de rire, va s'en charger.

Dérangé pendant sa lecture du journal *Le Soleil* d'avant-hier, l'aumônier Racine accueille bien mal l'invitation de la mère supérieure. « Mais pour qui se prend-elle? C'est pas le front qui lui manque à celle-là! M'ordonner de confesser! » Du bout des orteils, il cherche ses souliers sous son bureau, puis referme le journal en relisant le billet. Il soupire. Lui aussi voue une admiration sans bornes à soeur Marie-de-la-Paix. Pour rien au monde, il n'a l'intention de convoquer au confessionnal la personne la plus utile et la plus bienveillante qu'il connaisse.

Le père Racine monte quatre à quatre les marches des trois étages qui séparent son bureau de la salle commune où se dévoue soeur Marie-de-la-Paix. Une fois là-haut, il se reproche d'avoir tant exigé de son coeur et s'assoit sur la dernière marche pour prendre son pouls.

« Qu'est-ce qui vous arrive père Racine? »

Heureux que la religieuse soit à ses côtés, il oublie les irrégularités de son coeur.

« Euh... comme vous pouvez le constater, j'ai encore un peu exagéré... Faut croire que je n'ai plus vingt ans... dommage! C'est pas grave!... »

La religieuse lui recommande de parler plus lentement. Très essoufflé et montrant qu'il prend note des précieuses recommandations:

« Merci... Vous êtes là et ça me rassure! Je ne suis pas monté jusqu'ici pour me faire plaindre mais pour vous parler. Ou, si vous le voulez, me défouler. Écoutez bien ceci! Soeur Gertrude m'ordonne de vous confesser! Croyez-moi sur parole, je juge cette demande inutile et irrespectueuse. Je m'y refuse totalement! C'est plutôt elle qui a grandement besoin d'un confesseur... Vous savez, Irène, vous pouvez toujours compter sur moi... »

Mal à l'aise d'avoir laissé échapper son nom laïque, il se reprend.

« Vous savez bien, soeur Marie, que je serai toujours là pour vous épauler. Enfin, encore pour le temps que mon coeur tiendra! »

Une longue et grande amitié lie les deux religieux. Ils sont presque amoureux, et ni l'un ni l'autre ne souhaite l'avouer ni le laisser paraître. Cependant, plus le père Racine vieillit et que son corps donne des signes alarmants, plus il éprouve le besoin de se retrouver en compagnie de soeur Marie-de-la-Paix. Hésitante, la religieuse montre l'endroit où feint de dormir le frère Côté.

« J'ai beaucoup de mal à protéger mon patient contre son passé! »

Elle s'arrête un instant pour réfléchir, puis reprend la parole à voix basse pendant que l'aumônier se rapproche.

« Je me demande pourquoi j'ai passé tant d'années à soigner un être pareil?... Au fond, je ne l'ai jamais aimé... Il m'a toujours fait peur. Le dos tourné, j'ai maintes fois eu l'impression que le diable se cachait derrière moi! »

Étonné d'entendre ces remarques de la bouche de son amie, le père Racine se dit que quelque chose de grave doit se produire pour qu'elle s'exprime ainsi. Jamais, par le passé, au cours de leurs longs et fréquents entretiens, elle n'a parlé contre le frère et il a toujours été impressionné par sa tolérance et par son sens du devoir.

Se dirigeant vers le solarium accompagnée de son confident, la religieuse se repent du jugement qu'elle vient de porter sur son patient. Le père Racine, qui comprend ce qui se passe en elle, l'invite des yeux à poursuivre. Il ne sait plus s'il doit commencer un signe de croix pour ouvrir la cérémonie de la confession, ou encore garder à l'entretien le ton de l'amitié. « Mais que vient faire une expression telle que *protéger le frère*? Contre qui? Contre quoi? »

Le père partage le trouble de la religieuse sans en connaître les véritables causes. Du moins, il le croit. Côte à côte, sans dire un mot, ils marchent lentement. Ils écoutent ensemble le bruit de leurs pas. Le cuir rigide de leurs chaussures noires crisse et l'aumônier, qui a de l'humour et de l'intuition, risque une petite blague:

« C'est vous, soeur Marie, qui avez appliqué ces trois couches de cire à pâte sur le plancher?... Que ça sent bon! Vous apprêtez-vous à fêter un mariage ou un départ?... Serait-ce que vous avez frotté le tout dans le but de transformer la salle commune en patinoire pour que le frère s'efflanque et se casse le cou? »

Elle sourit pour lui faire plaisir.

« Malgré vos drôleries, qu'en ces circonstances une autre que moi trouverait cyniques, je reste troublée... Merci tout de même! »

Il n'insiste pas.

De sa chaise longue, le frère perçoit qu'il est encore question de lui et, comme toujours dans un moment pareil, se renfrogne. En pressant encore plus fort sur sa poitrine le portrait dessiné par Mathiews, il cherche à se cacher le visage. Autour de ses mains, il a enroulé l'étole subtilisée dans l'ancienne église de Maillard.

Plusieurs fois, le père Racine a dû administrer au frère Côté les derniers sacrements à l'occasion de hoquets supposément mortels dont il n'arrive toujours pas à mourir. L'aumônier n'a jamais rien cru des confessions, les attribuant plutôt au délire et ne les écoutant qu'à moitié. D'une part, parce qu'il n'y comprenait à peu près rien et, d'autre part, parce que le vieux frère fabule à coeur joie. Mais maintenant, les confessions lui reviennent à l'esprit pendant que la religieuse s'en va ramasser les vêtements secs sur l'une des nombreuses cordes à linge de l'hospice.

Resté furieux et animé par un esprit de vengeance à la suite de la non-reconnaissance de sa chapelle, le frère était allé voler divers objets dans l'ancienne église de Maillard, dont la fameuse étole devenue depuis son foulard. Le délit avait été commis en pleine nuit, alors que son compagnon errait déjà depuis plusieurs heures dans le village. Le fanal s'était éteint plus tôt que d'habitude sur la côte.

Le religieux ne pouvait ignorer que Mathiews serait désigné comme coupable puisqu'il cherchait au su de tous des ornements pour la chapelle. Il a terriblement peur du souvenir de Mathiews et, lorsqu'il lui force l'esprit, il entre en transe. Comme cela se produisit au pied de la côte du cimetière quand Xavier l'amena à l'hospice. Il tremble de ce souvenir dans lequel s'allièrent, pour la circonstance, la lâcheté et l'envie.

Une heure avant que Mathiews ne rende l'âme, pris soudain de remords, le frère quitta à toute vitesse la Grande-Pointe, se précipita au presbytère et avoua sa faute au curé d'alors. Sidéré, celui-ci le jeta dehors.

Mais l'aveu n'interrompit en rien la battue en cours depuis plusieurs heures. L'influence du curé sur tous les paroissiens ne faisait aucun doute. Particulièrement celle qu'il exerçait sur Ludger, dit le justicier. Il aurait pu mettre fin à la chasse, mais n'en fit rien. Du presbytère de Maillard, il est très facile de faire entendre son cri jusqu'à l'abattoir. On raconte même que « ce jour-là, les cloches de l'angélus s'énervèrent avant l'heure prévue ». C'est le curé lui-même qui les aurait sonnées. Pourtant, cette tâche était scrupuleusement réservée au bedeau.

Chapitre dix-huitième

Une odeur d'huile de marsoin monte jusqu'au nez d'Odiluce. Ce sont les bottes de cuir huilées de Jean qui se gèle toujours les pieds dans la flaque d'eau glacée. Il n'attend qu'un signe pour s'approcher davantage de son amie qui lui tourne carrément le dos. « Il est trop près! constate Odiluce. Que je suis ingrate d'avoir cherché à le tenir à distance! Sans son aide, je n'aurais pu mettre la main sur ces papiers importants! »

Calmée maintenant, Odiluce replonge les mains dans ses poches: dans celle de droite, les trois feuilles trouvées et volées récemment au presbytère et, dans l'autre, les derniers mots de Louisa.

À maintes reprises, pendant que le curé, assisté d'Aurèle, enfilait ses vêtements sacerdotaux, Odiluce avait pu s'introduire dans le presbytère et y découvrir ce qu'elle cherchait: les mémoires de l'ancien curé de Maillard, son journal intime. Il renferme des passages intéressants sur le séjour de Mathiews.

Dès qu'elle avait fini de caresser le pigeon voyageur, Odiluce allait fouiller dans les affaires personnelles du curé. Jean, qui se rendait compte de ce stratagème, s'ingénia à lui faciliter la libre circulation dans tout le presbytère. Par espièglerie et à son insu, il devint son complice. Il fallait distraire Alma, la ménagère. « Quoi de plus facile! » pensait-il.

Alma adore offrir ses petits chefs-d'oeuvre culinaires. Rien ne la flatte plus que quelqu'un qui apprécie hautement sa cuisine. Jean le sait et l'encense de compliments bien tournés en consommant en grande quantité les gâteries. Alma s'abreuve de flatteries pour compenser les heures interminables et épuisantes dépensées sans compter dans la cuisine du presbytère.

Douze heures par jour, Alma s'affaire à mijoter d'excellents plats destinés aux estomacs capricieux du curé Boucher et de Rémi, ses deux maîtres. Épouse de Rémi, non seulement elle constitue pour lui une source privilégiée de renseignements sur la vie au presbytère, mais elle lui confectionne aussi les gâteaux les plus succulents à même la farine de la fabrique. Compte-la-cenne, le maître de poste ferme les yeux sur les petits vols de sa femme. Il ne se passe pas une journée sans qu'elle ramène dans son sac les meilleurs aliments du presbytère.

Le curé Boucher avait bien vu que quelqu'un avait forcé sa porte de bureau, mais il se retint de commenter le fait, préférant croire à la maladresse de sa servante. Il avait chargé Aurèle de la surveiller. Pour cacher les motifs d'une aussi curieuse demande, il avait prétexté que sa ménagère était fragile de santé et qu'elle pourrait avoir besoin de soins urgents au moment le plus inattendu. Une fois Aurèle occupé avec Alma, les choses devinrent encore plus faciles pour Odiluce. Elle put donc, pendant une bonne vingtaine de minutes avant la messe de sept heures, tous les jours, parcourir les mémoires de l'ancien curé de Maillard.

Les mémoires du curé étaient rédigés au jour le jour dans trois grands volumes qui ne renfermaient pas moins de deux cents pages chacun. Odiluce y découvrit plus de trente ans d'histoire sur Maillard et ses habitants. Les deux premiers volumes qui couvraient les vingt premières années de la cure de Martial Fortin étaient sans intérêt: rien que de monotones récits sur la vie religieuse des paroissiens. Ce n'est que dans le troisième, où la chronologie était plus rigoureuse, qu'elle progressa dans sa recherche. Trois petites pages écrites sur plusieurs années dévoilaient, tant bien que mal, quelques brides de renseignements sur la présence de Mathiews à Maillard.

Jeudi, 11 octobre 1887, 9 h 30 du soir

Un jeune homme, très beau paraîtrait-il, d'apparence anglaise, est descendu du train ce matin au pied de la Grande-Pointe. Le bedeau m'a dit qu'il a escaladé la falaise avec une force et une facilité étonnantes vers 6 h 45. Il aurait l'agilité d'un chevreuil. Tous les autres passagers sont restés à bord du train. Ils n'ont débarqué à la gare que vers les deux heures cet après-midi. Le train a eu plus de huit heures de retard et a mis tout ce temps pour franchir le demi-mille séparant la gare de la Grande-Pointe.

Il faudra que je discute de ce problème avec les autorités du chemin de fer. Je proposerai qu'on renforce d'urgence le terrain mou. Un jour le train pourrait bien se renverser dans la mer? Les glissements sont un mal pour un bien: en s'affairant aux réparations, les hommes oisifs de la paroisse auront de quoi s'occuper et, surtout, gagneront de quoi nourrir leur famille.

Dans les prochains jours, nous rechercherons l'homme qui a débarqué à la Grande-Pointe. D'après le bedeau, il aurait des allures de marin. Il est de mon devoir de protéger mes paroissiens contre les étrangers! Surtout contre les protestants. De plus, cet homme pourrait bien venir de l'Europe pécheresse. Il n'y a que le frère Côté qui habite là-haut. Je lui rendrai visite.

Voilà ce que dit la plus vieille des trois pages qu'Odiluce a soigneusement retirées des cahiers de mémoires. Elle les enleva si adroitement qu'il était pratiquement impossible de découvrir leur disparition. À moins de passer une à une les pages numérotées des trois volumes.

Tout en observant la longue chevelure d'Odiluce, Jean toussote pour être invité à ses côtés. Trop de choses arrivent tout à coup à Maillard. Odiluce a modifié son trajet habituel alors qu'elle n'en dévie que très rarement depuis la mort de Louisa. On s'affole sur les voies ferrées. Jean remarque aussi que la nature joue discrètement sa partition.

Avant de repartir vers la gare, Odiluce sort les trois feuilles de sa poche. Là-bas, Aurèle s'applique à calmer le curé Boucher qui pleure à chaudes larmes le sort de sa colombe.

Chapitre dix-neuvième

La grande horloge de la tour principale de l'hospice indique 8 h 20. Trop tard, le contre-ordre destiné à permettre à Donatien d'entrer dans l'immeuble a produit l'effet contraire. Il file vers Maillard.

Démonté, humilié et surtout terrorisé par le spectre de la perte d'une clientèle importante, Donatien ne sait plus à quel saint se vouer. Sa casquette glisse sur son front en sueur et menace de s'envoler. Une main sur la tête et l'autre agrippée au volant, le marchand grimace. Ses fesses cognent dur sur la banquette de bois pendant que la Ford zigzague dans les coulées du chemin reliant Baie-Saint-Paul à Maillard.

À la fois rassurée et surprise de la renonciation inattendue de Donatien, soeur Marie-de-la-Paix jubile intérieurement d'entendre la voiture s'éloigner. Le contre-ordre de soeur Gertrude a été inutile et, pis encore, son autorité est à nouveau bafouée. Cette fois, par la désobéissance d'une novice supposément fidèle qui n'a pas rappelé Donatien, comme le lui avait ordonné sa supérieure. Timidement, sans conviction, elle a tout simplement demandé à ses consoeurs en devoir aux divers porches de sonner les clochettes avec beaucoup d'élan afin d'attirer l'attention du maire. Celui-ci en a conclu qu'il s'agissait d'une nouvelle manifestation d'hostilité et a déguerpi. Les désirs de soeur Marie-de-la-Paix prévalent une fois de plus contre les volontés de la mère supérieure.

111

Derrière ses grandes fenêtres, soeur Gertrude constate que Donatien s'en va. Poings à demi crispés par la frustration et la colère, elle ouvre tout grands et avec fracas les battants des fenêtres pour se pencher dehors presque jusqu'à mi-corps. S'apprêtant à crier à Donatien de revenir, elle découvre avec stupéfaction pas moins d'une cinquantaine de visages qui se tournent tous en même temps dans sa direction. La bouche mauvaise, elle étouffe son cri dans sa gorge. Pour sauver ce qui lui reste de dignité, elle tire avec force sur le rideau le plus proche. Pas de chance. Secoué trop durement, il s'effondre.

De sa fenêtre, tout juste un étage au-dessus du bureau de la supérieure, l'aumônier voit tout. Il a du mal à se retenir d'applaudir à la mésaventure de soeur Gertrude.

« Venez voir, soeur Marie! Ça vaut vraiment la peine. Voilà que soeur Gertrude procède au ménage maintenant... le monde tourne à l'envers, on dirait! À ma connaissance, elle n'a jamais levé le petit doigt depuis que je suis ici. Elle passe le plus clair de son temps à commander... Il y a des jours où la vie a ses bons côtés! Les rideaux devaient être très crasseux! »

Donatien pousse à fond sa machine qui renâcle. Elle file à vingt milles à l'heure et soulève dans son sillage une boule de poussière enrobée de fumée violette. Comme un jeune taureau, la Ford se rebiffe et le bouscule dangereusement. Le boucher-maire parvient à sortir sa montre de sa poche. Le temps presse. Il compte revoir Odiluce avant qu'elle ne s'enferme pour la journée dans sa petite maison. Habituellement, elle n'ouvre à personne. Cette fois, il compte sur sa reconnaissance pour les risques encourus.

Le père Racine hésite à reprendre la conversation avec soeur Marie-de-la-Paix. Il se surprend à l'admirer. « Pourquoi a-t-elle utilisé l'expression *protéger le vieux frère contre son passé*? » se demande-t-il de nouveau. La religieuse apprécie son silence mais devine ses interrogations. Elle entreprend de lui rendre les choses plus faciles.

« Je pense que je peux sans risque et sans que ce soit sous le sceau de la confession, ne serait-ce que pour contrarier soeur Gertrude, vous en dire davantage... J'ai grandement besoin de me confier à vous! »

Elle prend bien soin d'appuyer sur chacun des mots, comme pour annoncer l'importance de ceux qui vont suivre.

« J'ai reçu d'une certaine Odiluce, à Louisa-Xavier, une boîte dans laquelle j'ai découvert une lettre. Ce qu'elle contient me trouble considérablement et éveille en moi des sentiments éprouvants! »

Le père opine de la tête pour l'encourager à continuer.

« En somme, la lettre, écrite avec minutie, porte des accusations très graves contre le frère Côté. Odiluce déclare noir sur blanc qu'il est un voleur sacrilège. Plus troublant encore, elle affirme qu'un innocent a été accusé à sa place et qu'il en est mort! »

Soeur Marie-de-la-Paix saisit l'avant-bras de son confident tout en surveillant le frère du coin de l'oeil.

« Tournons-lui le dos, voulez-vous, mon père? Je suis certaine qu'il lit sur nos lèvres présentement... En outre, Odiluce me demande de le renvoyer à Maillard pour la Toussaint. Or, comme le maire insiste pour le voir, sans que personne lui ait rendu visite à ma connaissance depuis une quinzaine d'années, j'ai peur qu'on ne le maltraite, mais je désire aussi l'abondonner. Vous pouvez imaginer ce que je ressens! Je suis déchirée entre mon devoir, le pardon et... et... une poussée de haine envers lui! »

Le père touche la main posée sur son avant-bras. Il fixe le jonc qu'elle porte à l'annulaire.

« Écoutez... cessez de vous faire du mauvais sang! Le maire est parti. Votre réaction est tout simplement humaine. C'est tout!... Si ça peut vous rassurer, laissez-moi vous dire que dans ma situation, de loin plus confortable que la vôtre et moins exigeante, j'en conviens, je valse entre les bons et les mauvais sentiments plusieurs fois dans une même journée... Si vous saviez ce que j'entends en confession. »

Elle n'écoute pas, ne pensant qu'à se confier.

« Et puis, il y a soeur Gertrude! Si elle savait ce que je lui cache!... Elle exige que j'avoue au plus tôt les raisons qui m'ont fait interdire l'hospice à monsieur Gagnon! »

Elle entraîne l'aumônier plus loin.

« Attendez, je vais vous montrer la lettre... Vous verrez bien! Odiluce ajoute que je recevrai un second message dès cet après-

midi. Il doit arriver par l'un des pigeons du curé de Maillard!...
Dois-je croire qu'il poursuit sa démarche? Tout ça n'est vraiment
pas ordinaire, père Racine. Le curé Boucher n'utilise ses pigeons
que pour les grandes occasions et m'en prévient toujours lui-même
d'avance par lettre. Tout ça cache beaucoup de mystères... et
d'émotions, n'est-ce pas? »

Le père réfléchit et colle son pouce sur l'intérieur de son
poignet pour vérifier si ses palpitations ont diminué.

« Attention, soeur Marie, l'émotion est plus meurtrière que
l'escalier!

— Vous avez toujours le mot pour rire.

— Mais là, je crains bien de devenir sérieux! Les secrets de la
confession m'interdisent de commenter ce que je viens d'entendre
de votre bouche. Cependant, je pense ne pas les trahir en vous
suggérant de prendre la lettre au sérieux... Montrez-la-moi!... Moi
qui espérais profiter d'une journée tranquille, sans histoire!... Je
crois que cette Odiluce est la fille de Xavier, le noyé de Rivière-du-
Loup. Vous vous souvenez sûrement de cet accident survenu il y a
quatre ou cinq ans? Tout le monde en a parlé! On retrouva le corps
debout, planté dans la vase jusqu'à la taille, le sourire aux lèvres!
C'était dans le journal! »

Soeur Marie-de-la-Paix a la surprise de découvrir la lettre
d'Odiluce dépliée, froissée. Pourtant, elle se rappelle l'avoir repliée
soigneusement en deux et rangée ensuite à travers la literie. Elle se
retourne vite vers son patient. Leurs regards se croisent. Avant de
remettre la lettre à son compagnon, soeur Marie-de-la-Paix
chuchote:

« Il a fouillé dans mes affaires!... Ça ne peut être que lui!
Voilà pourquoi il panique tant. Je le trouve très angoissé.

— On a toujours l'impression qu'il expire, celui-là. Mais, je
gage que si je mettais le feu au dortoir, il serait le premier rendu au
porche pour crier au feu! Je suis persuadé qu'il se déguiserait en
valeureux sapeur! J'ai le sentiment que nous n'avons pas fini d'en
entendre à son sujet. D'ailleurs, soit dit en passant, ma soeur, je
vous signale qu'un jour, il me demanda de démissionner, de quitter
mon poste... Et vous savez pourquoi? Il voulait tout simplement
fonder une paroisse ici, dans l'hospice et en être le curé... rien de

moins! Vous voyez que l'imagination ne lui manque pas. Ni l'ambition d'ailleurs! Il voulait que j'écrive à monseigneur l'évêque et puis, s'il le fallait, à Sa Sainteté le pape pour appuyer sa candidature à la prêtrise... Le pauvre, si j'avais eu le moindrement d'influence sur mon évêque, je ne moisirais plus ici!... Si c'est ça la sénilité, je veux bien mourir d'une syncope... tout de suite!

— Là, vous m'étonnez père Racine... vous qui avez si peur de la mort... Vous conjurez le sort cette fois... prudence! »

L'aumônier se tient la poitrine pour être bien certain que son dernier voeu ne sera pas exaucé. Il accroche ses lunettes sur son gros nez que l'alcool a rendu boutonneux et se laisse choir dans un lit qui prend la forme d'une demi-lune sous ses deux cents livres. Il prend connaissance de la lettre. Le temps qu'il la lise, soeur Marie-de-la-Paix s'en retourne près de ses cordes à linge pour guetter l'arrivée d'un pigeon qui ne viendra jamais.

Chapitre vingtième

Les tirettes à mouches qui pendent aux quatre coins de la grande maison blanche fascinent Émile. Son regard balaie les petits boudins brunis par la mélasse. Ils sont presque tous vierges à l'exception du plus long sur lequel un minuscule papillon gris s'est collé une aile. Il agonise. Jeanne vient tout juste de remplacer ceux que la nuit a tapissés d'insectes.

Habituellement, Émile dort comme une bûche à cette heure-ci. Mais, ce matin, aussi souple qu'une couleuvre, il glisse lentement hors de son berceau. Il prend garde de ne pas attirer l'attention de sa mère car elle lui replongerait bien vite sa tête bouclée dans sa couchette garnie de mousseline.

Pendant que Jeanne cogne des clous sur sa chaise droite, Émile en profite pour grimper sur un immense coffre en cèdre cadenassé aux extrémités qui renferme une quantité inouïe de broderies, de dentelles, de soie, de mouchoirs et de taies d'oreillers. Depuis deux siècles, les femmes de la famille de Jeanne se transmettent ce trésor. Aucune d'elles n'en a jamais fait usage.

Jeanne a placé le coffre sous une fenêtre spécialement pour que son fils puisse y grimper et jeter un coup d'oeil dehors de temps à autre. Cependant, lorsqu'il entreprend d'y monter, cela nécessite de la surveillance. Il a peine à garder son équilibre, son corps est trop disproportionné. La nuit dernière, il a renversé la plupart des

117

chaises de la maison. Il les brise toutes. Émilien n'en finit plus de les réparer.

Émile plante ses ongles incurvés dans le mastic encroûté des fenêtres. C'est à faire grincer des dents. Il colle son nez plat sur la double vitre. Ses grands yeux superbes, pétillants de santé et d'intelligence, masquent un cerveau dépourvu de raisonnement. Il a la mémoire des chats. Tout disparaît de son esprit aussitôt après l'avoir effleuré quelques secondes. À tout moment, il découvre un univers nouveau, pourtant toujours le même. Il baigne dans un bonheur total.

Parfois, Émile se faufile par la porte de derrière pour aller cueillir des fleurs sauvages autour de la maison. Et, comme pour se faire pardonner son escapade, les offre en bouquet à sa mère. Les couleurs l'émerveillent. Il peut composer une dizaine d'arrangements différents dans une même journée en les agrémentant de pissenlits. Le jaune l'attire particulièrement. L'été dernier, Jeanne a tout fait pour éviter qu'il n'aille se fourrer les mains dans les mauvaises herbes. Les guêpes l'ont piqué partout. Pendant plusieurs jours, il a souffert sans se plaindre une seule fois des multiples piqûres contractées en se frottant les mains aux nombreux nids incrustés derrière les bosquets. Pour satisfaire son goût des fleurs et surtout celui de les offrir, Jeanne lui réapprend presque quotidiennement à dessiner des marguerites dans la buée des vitres.

Émile détecte le danger plusieurs heures avant qu'il ne se manifeste. Si un étranger a l'imprudence de frôler de trop près les murs de la maison, il rampe tout droit jusqu'aux portes pour y coller les oreilles. Odiluce est la seule étrangère qu'il ne craint pas. Il a fini par s'habituer à ses visites sur la galerie. Encore ce matin, il a deviné sa présence derrière une fenêtre et est allé l'observer par une autre. Elle ne s'en est pas aperçue. Rares sont les occasions où leurs regards se croisent et, chaque fois que cela se produit, il en profite pour l'examiner longuement.

Accroché au rebord de la fenêtre et roulant des hanches, Émile sautille. Son regard voyage de la goélette à la gare, puis jusqu'au couvent et enfin vers la Grande-Pointe qu'il fixe un long moment. Il se retourne pour regarder dormir Jeanne. Après s'être assuré qu'elle dort, il risque un ou deux pas vers la droite sur le coffre et s'approche tout doucement de l'orgue de Barbarie. Il allonge son petit bras et pose sa main sur la manivelle en la poussant lentement.

Le souffle de musique ne dérange aucunement Jeanne. Même si elle est endormie, son visage semble apprécier. Le monde merveilleux d'Émile s'illumine. Il aime encore plus la musique que les fleurs. Tout en surveillant sa mère, il pousse un peu plus fort la manivelle. Sa main gauche reste agrippée au rebord de la fenêtre. La fleur dessinée un instant plus tôt sur la vitre a disparu. Il s'apprête à en recommencer une autre. Mais l'agitation au loin sur la voie ferrée attire son attention.

* * *

Alma, la ménagère, quitte le presbytère pour se diriger, elle aussi, vers la gare par la voie ferrée. Beaucoup plus lente dans ses déplacements que ses concitoyens et toujours en retard à ses rendez-vous, elle demande beaucoup trop d'un corps emprisonné dans une graisse abondante. On l'a toujours vue suer. Mais ce matin, sa tête blonde ruisselle encore plus qu'à l'accoutumée.

Malgré son empressement à vouloir rejoindre l'attroupement sur le quai de gare, Alma ne peut se retenir de se baisser pour examiner les plants de fraisiers sauvages. Puis, à l'aide d'un grand couteau de cuisine, elle fauche les plus intéressants. À la grande joie du curé, ils seront replantés dans le jardin du presbytère. Entre les rails et d'un pas inégal pour réussir à mettre le pied sur chacune des poutres, Alma ratisse des yeux les deux côtés du chemin de fer. Les enfants du couvent s'amusent de la voir agir ainsi. Depuis toujours et à la moindre occasion, la paroisse entière se paie sa tête.

Un jour, pour se moquer de la ménagère qu'il trouve aussi hypocrite qu'Aurèle, Martin, le maître chantre, la baptisa « Grande Faucheuse ». Ce sobriquet lui est resté. Le Grand Prince fut profondément choqué et humilié d'entendre ainsi traiter sa *digne épouse*. D'ailleurs, il alla jusqu'à exiger du curé qu'il réprimande les responsables. C'est ainsi qu'en chaire, un dimanche, il lui fit dire:

« Le sacrement de baptême a donné des noms aux personnes. Lors du jugement dernier, nous serons tous appelés à répondre de notre vie sur terre. Les médisants et les calomniateurs prendront le chemin le plus court vers l'enfer. Je vous l'assure! Certains d'entre vous sont profondément accablés à cause de cette mauvaise habitude des sobriquets... c'est porter un jugement sur eux... hum... sur elles! »

Tout le monde dans l'église se tourna pour chercher le spécialiste des sobriquets. Martin, avec son sens de la repartie, récupéra instantanément la situation. Il se pencha dangereusement par-dessus le garde-fou du jubé, au point de risquer une chute mortelle. Puis, avec son plus beau sourire, il dévisagea Rémi, dignement appuyé sur le bénitier à l'arrière de la dernière rangée de bancs. Suivant l'exemple du maître chantre, tous les paroissiens étirèrent le cou pour examiner à leur tour la figure insultée de Rémi. La brève scène parut très longue au Grand Prince de Maillard qui dut se moucher bruyamment pour chasser les regards fixés sur lui. « Le curé vient de perdre le contrôle de la situation en voulant trop en mettre », s'était dit Martin.

Pendant ce temps, cachée derrière l'autel, Alma, un tablier encore enneigé de farine ceinturant tant bien que mal sa large taille débordée par ses fesses encore plus larges, se réjouit d'entendre son curé prendre sa défense. Il n'arrangea en rien les affaires. Bien au contraire, il les empira. Odiluce se souvient de l'incident dont elle rit encore.

Le jour même, sur le perron, à la sortie de la grand-messe du dimanche, les jeunes hommes du village, bien entendu stimulés par l'audace de Martin, chantèrent en choeur:

« Alma, Alma, Alma, la Grande Faucheuse
est là, la Grande Faucheuse est là!

Alma, Alma, Alma, son Grand Prince est
là, son Grand Prince est là!... »

Outré, Rémi fonça directement et sans perdre de temps à la sacristie pour reprocher au curé son intervention maladroite.

Pourtant, il avait lui-même rédigé la partie du sermon concernant les sobriquets.

« Vous voulez nous déshonorer à tout jamais, monsieur le curé? Vous avez volontairement attiré l'attention sur moi et sur ma légitime! »

Le dimanche suivant, le curé devait s'excuser publiquement du haut de sa chaire. Après, le mari d'Alma, feignant la compréhension et l'indulgence, alla lui annoncer qu'il retirait sa menace d'interdire à sa femme de besogner au presbytère. Au fond, Rémi n'a jamais eu l'intention de l'en empêcher. L'indiscrétion d'Alma lui est trop utile.

Accrochés aux robes des enseignantes, les enfants chantent le refrain entendu sur le perron de l'église et les hommes qui travaillent au moulin à scie en face du couvent l'entonnent en choeur. Profitant de ce moment pour prendre du répit, sourire en coin, ils enterrent les voix des enfants. Alma finit par entendre l'air moqueur, mais décide de faire comme si de rien n'était et continue son chemin. Elle se sent toute nue, honteuse.

« Ho... Ho... Alma, fais attention de ne pas étouffer ton Grand Prince... c'est pesant tout ça », scandent les plus audacieux.

Les commentaires des ouvriers sur sa plantureuse poitrine la font rougir.

Même si on la surnomme la Grande Faucheuse à cause de son habitude d'arracher les plants de toutes sortes, Alma craint que tout le village la sache voleuse. Chez elle, dans les murs de la maison, sont suspendus au moins une centaine de petits objets hétéroclites volés çà et là depuis plus de trente ans: une paire de gants, une bague, des médailles, des images saintes, un dé à coudre, etc.

Alma est cleptomane et si habile que même ses proches l'ignorent, y compris Rémi. Mais, une fois, Odiluce l'a surprise en train de fouiller dans les tiroirs du bureau du curé Boucher. Elle ne se doutait pas qu'Alma lui avait rendu la pareille, qu'elle l'avait vue feuilleter le journal du curé Fortin, en détacher trois pages, visiblement interloquée par ce qu'elle y avait lu.

Vendredi, 7 janvier 1894, 10 h 15 du soir
Ce soir, j'hésite à me mettre au lit. J'ai bien peur de passer encore une

mauvaise nuit à cause de ce faux prêtre de frère Côté. Il m'a rendu une nouvelle visite ce midi. Pour éviter le scandale, il a bien fallu le laisser entrer dans le presbytère. Devant mon refus d'ouvrir, il frappait de toutes ses forces.

Je regrette de l'avoir laissé entrer. J'aurai préféré ne pas l'entendre. Il est venu se plaindre du fait que son compagnon irlandais allait débaucher toutes les femmes de la paroisse si je n'intervenais pas immédiatement. Il m'a accusé de manquer à mon devoir. Mais, le plus grave, c'est qu'il a déclaré que Jeanne avait été engrossée par Mathiews. De plus, il a accusé Lucienne, une femme honnête et pure, de désirer un contact charnel avec son compagnon de la Grande-Pointe.

Après m'avoir lancé toutes ces révélations à la figure, comme si j'étais responsable de ces horreurs, il m'a ordonné de mettre fin à cet enfer sur terre avant que le ciel et notre évêque ne s'en mêlent. Avant même que j'aie eu le temps de le traiter d'insolent, il s'était enfui, les jambes au cou.

Que notre Seigneur nous protège. Demain, je convoquerai Lucienne pour en savoir davantage. Ça ne servirait à rien d'en faire de même avec la pauvre Jeanne qui n'a plus sa raison. Elle est enceinte. Mais sans aucun doute de Hubald.

Je ne crois rien des élucubrations du frère Côté qui invente sûrement toutes ces faussetés pour me faire perdre ma cure. Mais, on ne sait jamais! Si par malheur, tout cela s'avérait juste, je ferai tout en mon pouvoir pour protéger mes ouailles. La pendule va bientôt sonner les coups de 11 h 00. Je dois aller au lit. La journée de demain s'annonce ardue.

Si Alma se rend à la gare avec les autres et si elle se soucie du sort du pigeon du curé, c'est qu'elle a vu Odiluce le pousser à s'envoler avant la messe. L'enfant de choeur ne sera donc pas parvenu à la distraire totalement. Elle connaît fort bien le manège d'Odiluce autant autour du presbytère qu'à l'intérieur. Constater que quelqu'un d'autre qu'elle forçait le bureau du curé lui avait procuré une grande satisfaction et surtout lui donnait une coupable à désigner éventuellement. Elle n'en a parlé à personne, bien décidée à garder le secret jusqu'au jour où elle sera elle-même accusée. Elle s'y attend d'un moment à l'autre. Entendre crier « Grande Faucheuse » lui donne des frissons dans le dos. Par moments, elle est certaine d'avoir été découverte.

Les Maillardiens n'en croient pas leurs yeux: Alma se morfond sur le chemin de fer.

« Elle risque l'apoplexie... Jamais on ne l'a vue se presser autant! se disent les ouvriers du moulin à scie.

— Quel défilé!

— Les gars, voyez là-bas, le curé vire fou... lui aussi! »

Et chacun y va de son commentaire pendant que le curé devenu totalement hystérique ne sait plus où donner de la tête. Quelques pieds derrière, Aurèle se fait servile. Martin, qui ne rate jamais une bonne occasion, pouffe de rire en saluant les hommes du moulin, les enfants et les religieuses. Quant au charpentier, Émilien, il suit. Un grand pas pour Aurèle en signifie trois pour lui. Mais il a l'habitude et possède plus d'énergie que tous les autres réunis.

Le pouvoir religieux et ses principaux serviteurs ont abandonné leur fief pour un petit pigeon dont on vient de briser le cou. Odiluce entend profiter de la situation. Elle devra affronter tout ce monde à la gare, y compris Rémi et Joachim. « De plus, songe-t-elle, Donatien va sûrement se pointer dès son retour de Baie-Saint-Paul. Il vient toujours quérir lui-même son courrier au train. » À l'instar d'Odiluce, il n'accorde aucune confiance à Rémi et préfère qu'il ne touche pas à ses lettres. « Nous serons au grand complet pour jouer avec la vérité et le mensonge! »

Odiluce offre le bras à Jean qui ne se fait pas prier pour l'accepter. Il s'accroche si fort qu'il lui fait presque perdre l'équilibre. Elle remet ses deux mains dans ses poches.

Camille vient de quitter son navire pour aller voir ce qui peut bien se passer à la gare. Ce sont les rires et les chants des hommes du moulin qui l'ont tiré de son sommeil. Il rame à bord de la chaloupe de sauvetage de la *Mary Lucia*. Bourrée de gréements, elle prend l'eau comme une passoire. Il va lui falloir déployer toutes ses forces pour atteindre la rive avant que la barque ne coule. Absorbée dans ses pensées, Odiluce ne le voit pas ramer vers la grève. Elle est trop occupée à souhaiter de tout son coeur que Donatien ramène le frère au village.

Lucienne est rejointe aux fenêtres du magasin par ses clientes. Plus bas, aux portes de la boutique, les hommes bourrent leur pipe pendant qu'Eugène ferre les chevaux, comme si de rien n'était.

Chapitre
vingt et unième

Soeur Marie-de-la-Paix pleure à chaudes larmes. Personne, pas même l'aumônier, ne l'a vue dans un état semblable auparavant. Elle cache son visage dans ses deux mains, comme si elle venait de commettre un acte immonde. Touché, le père Racine lui pose tendrement une main sur la tête.

« Ma soeur, je vous en prie... je vous en supplie! Pour l'amour du ciel, prenez sur vous! Cessez de vous causer tout ce mal! Il devait bien rendre l'âme un jour ou l'autre, ce curieux homme! Dans les circonstances, le Seigneur aura compris l'importance de le rappeler... mettant ainsi fin à ses tourments!... »

Plus faiblement:

« ...Le Tout-Puissant vous a écoutée... comme d'habitude. Il semble ne pas pouvoir vous résister... lui non plus! Vos prières ont décidé du sort du frère et je ne suis pas mécontent du résultat. Croyez-moi! »

Inconsolable, la religieuse n'entend pas les derniers mots. Tout en retirant les mains de son visage et d'une voix cassée:

« Alors que vous étiez absorbé par la lecture de la lettre d'Odiluce tout à l'heure, j'ai vu le frère s'étouffer avec sa salive! Comme vous le savez, ça lui arrivait fréquemment. Combien de fois n'a-t-il pas fallu que je vous demande de monter d'urgence à la suite d'un étouffement? Sans compter les occasions où je craignais qu'il ne succombe à un mauvais traitement qu'il s'infligeait uniquement dans le but d'attirer l'attention! Il bleuissait... comme maintenant! Voyez... regardez! Mais cette fois, il est mort... vraiment mort... bien mort! Plus de doute! Je l'ai entendu râler et je n'ai pas réagi. Je ne suis pas allée lui démêler la langue... Je ne l'ai pas empêché de mourir comme je l'ai fait régulièrement plusieurs fois par semaine ces dernières années... »

Le père Racine s'assoit près de la religieuse, non loin de la grande chaise du mort. À la voir si peinée, il se demande pourquoi une femme pareille donne sa vie, son temps et ses forces sans jamais rien demander. Malgré la gravité du moment, il n'écoute la religieuse que pour elle, non pour ce qui vient d'arriver au frère Côté.

« En le voyant manquer d'air, je n'ai pas bougé, comme si quelqu'un d'autre en moi me retenait de lui porter secours! Pourtant, mon devoir me le commandait. J'étais à demi paralysée et presque heureuse de l'être. Je voyais tout. Il m'a suppliée des yeux et a même levé les bras. C'est comme s'il avait cherché à me montrer le dessin que vous voyez là... près de la chaise... tout juste à ses côtés. »

Elle se lève et entraîne le père Racine qui hésite à la suivre. Il n'a pas le goût de voir le cadavre de près. Elle insiste.

« Approchez un peu... regardez! C'est horrible! Remarquez le portrait de femme laissé par cet homme dont il aurait causé la mort. Odiluce en parle dans sa lettre! »

Le père Racine est tout oreilles.

« Vous savez, mon père, j'ai presque l'impression qu'il voulait tout me dire... à condition que je l'aide une dernière fois à échapper à la mort! Je ne le quittais pas des yeux car j'étais persuadée qu'il nous avait entendus tout à l'heure. Malgré l'insistance de son regard, je n'ai pas bougé. Puis ses yeux chavirèrent dans leurs orbites... leur volume doubla presque. Après un moment qui me parut pourtant très court... pas assez long pour que la mort fasse son oeuvre, ses bras tombèrent de chaque côté de la chaise. Ce n'est qu'à cet instant que j'ai pu me ressaisir et reprendre mes sens.

Mais, c'était trop tard... trop tard. C'est affreux! Dans ma vie de religieuse au service des malades et des vieillards, j'ai vu mourir tant d'hommes et de femmes... Je m'étais presque habituée. Mais, avec cette mort-là, j'ai le sentiment d'avoir refermé sur moi les portes de l'enfer... »

Tous deux arrivent à proximité du frère. Le père Racine n'aime pas être là. Il se tient un pas derrière la religieuse qui examine à distance le corps décharné.

« Regardez-le comme il faut mon père! Il me donne l'impression de jouer la comédie... comme le font souvent les vieillards. Ils prennent tous du plaisir à nous menacer de leur propre mort si on ne satisfait pas leurs quatre volontés. C'est bien la seule arme qui leur reste. Touchez-le!... Il a bien trépassé, n'est-ce pas?

— Il n'en serait pas à son premier canular du genre. Combien de fois a-t-il simulé la mort?... Excusez-moi, ma soeur. Je ne suis pas très à l'aise. Vous savez que j'ai peur de tout... des malades... des maladies... des orages et encore plus des cadavres! Je suis tout à fait ridicule... mais, que voulez-vous... je suis une petite nature! Mes palpitations vont me reprendre! »

Il décide quand même de se rapprocher du cadavre.

« Un peu de courage... j'y vais... j'arrive. Mais laissez-moi m'habituer à cette pénible situation! En attendant, continuons de jaser... dites-moi tout! Ça nous fera du bien à tous les deux et ça dissipera peut-être un peu ma peur! »

Le corps bien droit, l'aumônier regarde au-dessus du mort et avance encore en tenant l'avant-bras de la religieuse.

« Comme je viens tout juste de vous le dire, j'ai attendu quelques minutes et l'ai regardé mourir! J'ai pris prétexte du fait que vous n'aviez pas fini de lire la lettre d'Odiluce. Ce n'est qu'ensuite que je me suis décidée à peser sur sa poitrine pour libérer l'air de ses poumons. À ce moment-là, j'ai entendu le hoquet de la mort! »

Tandis que l'aumônier ramasse le portrait de la femme de Maillard, soeur Marie-de-la-Paix se prosterne sur le corps du frère Côté. Tout en examinant le dessin, le père Racine marmonne une prière de circonstance. L'aumônier préfère ne plus le regarder et gratte la peinture sur le dessin. Des lettres apparaissent, puis d'autres. Des noms: « *Louisa à Xavier* ».

« Mais, Louisa… Louisa à Xavier… ce serait la mère d'Odiluce, n'est-ce pas? Voyez ce que je découvre, ma soeur. On comprend mieux! Il se pourrait bien qu'il se soit passé quelque chose autrefois entre ce Mathiews et sa mère! Vous ne pensez pas?… »

La religieuse se relève, interroge son ami du regard, puis scrute attentivement le visage du frère Côté. Il lui revient à l'esprit que Xavier voulut le battre un jour.

« Soeur Marie, le frère répétait souvent que son compagnon d'autrefois l'avait abandonné… passez-moi l'expression… pour courir la galipote! Qu'il mourut à cause d'une femme et des désirs charnels qui le rongeaient. Excusez-moi d'être aussi cru… mais… au point où nous en sommes!

— Continuez… continuez, père Racine!

— Venant de lui, d'un patient aussi délirant, vous comprendrez que je n'ai pas accordé foi à pareilles affirmations. Pas étonnant qu'Odiluce cherche à le confondre et pas surprenant, non plus, que le frère ait laissé son compagnon se faire accuser de vol à sa place! La jalousie! Voyant qu'il ne possédait plus pour lui son seul ami, il ne fit rien pour empêcher qu'on le tue, bien au contraire. Ça m'apparaît plausible, conforme à l'esprit possessif et au caractère vindicatif du frère! Peut-être est-ce arrivé ainsi? »

À la recherche d'un meilleur éclairage, tous deux se dirigent vers la fenêtre avec la ferme intention d'en découvrir plus sur le drame de Maillard. Soeur Marie-de-la-Paix et son confident entreprennent de gratter davantage le carton du portrait.

Chapitre
vingt-deuxième

Joachim enfouit encore plus profondément dans l'une de ses poches rouge vin trouées le cadavre tiède du pigeon. Cherchant à détourner l'attention de son crime, il exhibe la magnifique montre Waltham. Un bout d'aile résiste à la poussée et dépasse toujours de son vêtement. Les poursuivants l'ont tous rejoint sur le quai de gare.

Aurèle soulève la soutane du curé, comme si ce dernier montait les marches de son autel pendant une fastueuse cérémonie. Le geste est solennel. Mais il perd de son apparat quand on voit le bas de la robe noire et les pieds empoussiérés par le sable charbonné soulevé durant la course folle sur la voie ferrée. Le curé a une expression menaçante.

Martin s'intéresse un instant à Camille, dont la chaloupe touche la rive non sans avoir avalé plusieurs pintes d'eau de mer. Il ne la tire même pas jusqu'au sec, préférant l'abandonner rames pendantes, nez dans l'eau et la poupe jouquée sur une roche, pour sauter plus vite dans la vase. Après avoir pris un grand élan sur la grève, il se lance à la conquête d'une petite butte de sable, puis escalade la falaise au-dessus de laquelle se déroule le chemin de fer tout le long des rives de Maillard.

Camille agite les bras dans tous les sens comme pour prévenir Martin de lui garder une place là-haut, sur le quai de la gare. Il se secoue afin de faire tomber les saletés de ses vêtements. Martin est impressionné par la vigueur soudaine de Camille: « Pour quelqu'un qu'on dit épuisé! Mais, c'est vrai qu'il a l'air triste. On dirait un épagneul trempé! »

Pendant ce temps, le nain, Émilien, monte sur la soute à charbon. Au prix de nouvelles égratignures, il parvient à s'y installer. Il ne veut rien perdre de ce qui va se passer dans la gare. Tous vont bientôt y pénétrer. Quant à Alma, penaude, à bout de souffle et enfin arrivée, elle s'accote mollement sur le chariot à bagages vide. Il roule. Aurèle l'attrape juste à temps. La voiture allait basculer sur le chemin de fer. Reconnaissante, Alma lui dit:

« Merci de votre bienveillance, Aurèle! »

Il grimace de douleur.

« Aie... ouilllle... ouille... je me suis étiré l'épaule...

— Plus le désir est grand, plus la souffrance est éprouvante! lui chuchote Martin.

— Insolent!...

— Cessez de vous insulter, vous deux... c'est pas le temps! » marmonne le curé.

Seuls Jean et peut-être une ou deux femmes au regard perçant savent qu'Odiluce se dirige vers la gare. Les autres l'ont perdue de vue après qu'elle a bifurqué de son chemin. Son arrivée à la gare surprendra. Elle ne laisse jamais personne indifférent. Le curé est le premier à l'apercevoir et remarque tout de suite Jean collé à son flanc, souriant. Il n'aime pas le voir avec celle qui le contrarie et le provoque trop souvent.

« Comment se fait-il que Jean ne soit pas à l'école à cette heure-ci? »

Il s'adresse au bedeau, le rend responsable de la présence de l'enfant de choeur à côté d'Odiluce.

« Que fait-il ici avec elle ce matin? Allez-vous enfin me répondre pour l'amour du Seigneur? »

Interloqué, Aurèle réfléchit et, avant qu'il ait le temps d'inventer une explication, le curé le bombarde.

« Et mon pigeon, lui? Où est-il? C'est votre faute, tout ça!

Répondez, Aurèle! Allez... répondez! Je vous avais pourtant chargé de surveiller mes pigeons... mes colombes! »

Aurèle évite de nouvelles réprimandes et pointe Odiluce. Elle s'approche du curé qui change de ton. Faiblement, il grommelle.

« Elle... elle... elle, elle devrait être chez elle au lieu de traîner ici. C'est pas une place pour une jeune fille. Dites-lui de s'en aller, Aurèle... allez... dites-lui! Qu'est-ce que vous attendez? »

Le bedeau ne lui répond pas et le pousse vers la porte de la gare. Odiluce regarde le curé droit dans les yeux. Il est moins loquace et cherche à dissimuler sa colère, même à l'égard de Joachim qui s'engouffre le premier dans la bâtisse. Le curé a une envie folle de donner des coups de pied au monde entier et se contient difficilement à la vue du postérieur de l'ancien fossoyeur. Le malheur de son pigeon l'a troublé. Il choisit de se défouler en harcelant Aurèle de questions. Celui-ci ne sait plus quoi lui répondre.

« Monsieur le curé, contenez-vous un peu, bon sang! Faites attention! Nous sommes sur le territoire du Grand Prince. Ne l'oubliez pas! Nous devons ménager ses susceptibilités, car il pourrait bien nous ridiculiser tous! Il a la parole facile et plus d'un tour dans son sac! »

Pour rien au monde, le curé n'aurait le courage d'affronter Rémi sur son terrain. Il se résout à emprunter une mine de chien battu, mais en profite pour se vider le coeur d'un amas de sentiments violents accumulés pendant sa course sur le chemin de fer. Sans ménagement, il tape sur la main du bedeau pour qu'il lâche sa soutane.

« Vous êtes pas obligé de vous venger sur moi! »

Camille rejoint Émilien sur la soute à charbon. Il grimpe si vite et avec tant de force que le nain applaudit à l'exploit.

« Bravo, Camille... je suis heureux que tu reprennes des forces! Tu retrouves ta fougue d'autrefois! »

Tous deux nettoient la suie collée depuis des années sur la vitre de la seule fenêtre de la gare.

Joachim pousse nonchalamment le sac de courrier près de la fournaise et s'allonge sur une demi-douzaine de caisses de pommes destinées aux marchés de Québec et de Montréal. Bien que fort contrarié par le dernier geste de son serviteur, Rémi ne laisse rien paraître de son irritation. Il affiche de l'assurance et s'ennuage de fumée de tabac de pipe. Droit comme un piquet derrière son comptoir, il sait qu'aucun billet ne sera vendu. Personne n'a annoncé son départ et, malgré cela, il empile les billets de train comme si de nombreux voyageurs allaient se présenter. Il n'y a que les pommes qui vont prendre le train ce matin.

Suivi d'Alma, le curé effectue une entrée pompeuse dans la gare. Rémi ne lève même pas la tête pour agacer le curé qui rajuste sa ceinture. Visiblement gêné par l'attitude irrévérencieuse de Rémi et constatant le peu d'effet produit par son arrivée, le curé se donne une contenance. Il oublie un instant le sort réservé à son pigeon et se frotte les mains. On dirait un bruit de papier sablé.

« Frisquet ce matin, n'est-ce pas? »

Ne faisant ni une ni deux, à la suite de cette remarque, Aurèle se précipite derrière la fournaise pour ramasser du charbon. Il n'en fallait pas moins pour que Rémi se racle la gorge:

« Aurèle, vous n'êtes pas chez vous ici! Vous n'êtes pas dans votre église, mais dans la gare… vous comprenez? Alors! »

Le curé pense à se diriger vers Joachim pour reprendre possession de son pigeon qu'il espère toujours vivant. Odiluce, Jean et Martin sont debout dans l'encadrement de la porte. Sur son banc, Alma tremblote de tous ses membres. La contradiction et les situations difficiles l'angoissent terriblement. On ne sait plus très bien si elle suffoque ou si elle est victime d'un coup de froid. Le curé oublie l'ex-fossoyeur et va offrir sa veste de cuir à Alma.

Alma est atterrée par cette atmosphère étouffante. Tous s'examinent comme chiens et chats, prisonniers dans une même cage. Après avoir passé en revue divers moyens de ramener le calme dans la gare, elle confectionne en vitesse une sorte de bouquet jaune et roux en croisant des plants de fraises et de fleurs sauvages arrachés le long des rails. Sitôt achevé, elle l'accroche au grillage de la fenêtre. Elle bloque ainsi la vue à Camille et à Émilien, pourtant aux premières loges. Ils ne tardent pas à manifester leur mécontentement dans un grognement presque animal. Instantanément, les regards se tournent vers eux.

Au signe d'Odiluce, Jean s'empresse d'enlever le bouquet de la fenêtre. Camille esquisse un large sourire de reconnaissance.

Quelle agréable sensation; il ne s'était pas réjoui ainsi depuis longtemps. Amusé du bonheur imprévu de son voisin de soute, Émilien mime ses gestes. Tous deux rient en se voyant s'imiter l'un l'autre.

Odiluce n'aperçoit pas tout de suite son frère caché par le grillage rouillé. Les vingt bouts de doigts accrochés au grillage blanchissent le bas de la fenêtre. Trois ou quatre pouces plus haut, deux paires d'yeux: les uns bruns, un peu rougis et les autres bleus, tirant sur le vert. Camille a les yeux pers. Jean les compare à ses grosses billes.

Le silence se réinstalle dans la gare. Sans le grésillement du charbon rugissant, à la suite du brassage qu'effectue le bedeau, on entendrait voler une mouche. Toutes les cinq ou six secondes, un claquement fend l'air humide. Derrière son comptoir à billets, Rémi oblitère le courrier qu'on croirait abondant. Qu'on ne s'y méprenne pas, il n'y a que trois ou quatre lettres.

Le curé Boucher s'assied précautionneusement à côté d'Alma, ravie de l'honneur. Rémi lève le coin de l'oeil. Sa grande arcade sourcilière gauche s'étire en accent aigu. Il ne bouge pas la tête.

Odiluce sort enfin les mains de ses poches. Elle tend les bras doucement pour donner à chacun le temps de s'interroger sur les raisons de ses gestes. Ses doigts délivrent la paume de sa main gauche ou apparaît la boule de papier laissée par Louisa. Chacun est intrigué. De l'autre poche, elle tire les pages volées au presbytère et les montre à tous.

En apercevant les feuilles, Alma sursaute, puis empoigne le bras de son voisin.

« Mais voyons, Alma, prenez sur vous... ressaisissez-vous... du calme, voyons, du calme! » lui dit le curé.

Il met ses lunettes.

« À quoi veut-elle en venir, cette fille, encore? Odiluce se moque de nous... encore! »

La voix du curé est si faible que seuls Alma et Aurèle comprennent ses propos.

Rémi cesse de feindre de s'occuper de la poste. Il fait signe à Joachim de se rapprocher. Martin adresse son plus merveilleux sourire à Aurèle qui ne peut tout simplement plus le supporter.

Odiluce avance vers la fournaise. Alma a reconnu les feuilles du journal du défunt curé Fortin. À voir sa tête, Odiluce frémit: « Elle a sûrement lu les mémoires! »

Rémi blêmit en voyant sa femme perdre son bon sens.

Chapitre vingt-troisième

Donatien n'a pas renoncé à entrer dans l'hospice. Ratoureux, il avait juste simulé un départ en empruntant la route de Maillard. Sitôt l'attention des religieuses relâchée, il devait rebrousser chemin.

Pour n'alerter personne à propos de sa nouvelle tentative, il roule moteur éteint dans la grande coulée qui aboutit à l'hospice. Seul le bruit des freins risque de le trahir. Ça descend à pic. Le marchand a décidé de s'amener en passant derrière l'institution. À pas de loup, il s'introduit par la chaufferie. Soudain, une rangée de têtes se dressent derrière une longue corde de bois sec. Stupéfait, il est découvert. L'ayant déjà vu à quelques occasions entrer par cet endroit, la supérieure avait organisé l'accueil. Des novices l'attendaient avec instruction de le conduire sans tarder jusqu'à l'étage du frère Côté.

Pour satisfaire l'orgueil de soeur Gertrude, Donatien défile à tous les étages. Des malades le félicitent pour son astuce tandis que d'autres qui l'aiment moins montrent les poings. Les religieuses n'interviennent pas. La mère supérieure tient à ce que toutes constatent sa victoire sur soeur Marie-de-la-Paix.

« Merci, mes filles, de votre grande obéissance. J'avais exigé le retour de monsieur Gagnon... voilà que c'est fait. Vous avez du mérite! »

Et pour elle-même:

« On va bien voir qui dirige ici! »

Les novices qui entretiennent un préjugé favorable envers soeur Marie-de-la-Paix sont tristes. Elles répugnent à accompagner le marchand jusqu'à son étage.

Soeur Marie-de-la-Paix et le père Racine scrutent toujours la pièce de carton sur laquelle figure la tête d'une jeune femme; un visage presque méconnaissable. Ils sont dérangés par des murmures et des bruits de pas qui s'amplifient dans l'escalier. Avant qu'ils aient le temps de se demander ce qui arrive, soeur Gertrude et les novices gravissent la dernière marche.

Soeur Marie-de-la-Paix saisit vite la mesquinerie et réagit promptement. D'un ton décidé et ferme:

« Ne franchissez pas le seuil de cette porte! N'entrez pas! Vous avez compris? Allez-vous-en! »

Personne n'ose ouvrir la bouche pendant qu'elle fait signe à Donatien.

« Vous!... Oui, vous!... Vous seul, venez ici! Approchez! »

Il obéit. Les autres restent en retrait. Soeur Gertrude ajuste sa collerette, trahissant ainsi sa nervosité. Tous connaissent le tic qu'elle réserve aux situations tendues. Devinant les intentions de son amie, l'aumônier entreprend de fermer les deux grandes portes coulissantes sous le nez de la supérieure. Maintenant, c'est tout son buste qu'elle bouscule.

« Un nouvel affront, soeur Marie-de-la-Paix... un nouvel affront! On verra bien qui finira par avoir raison! On verra bien! Je vous attends après les vêpres! Nous reparlerons de tout ça! »

Les novices cachent mal leur joie: soeur Gertrude perd la face. Sa marche triomphale a joué contre elle.

Soeur Marie-de-la-Paix accueille aimablement un Donatien effarouché, pas très sûr de lui, mais tout de même content. Pour chaque pas, il a envie de demander la permission.

« Excusez-moi ma soeur! Je vous demande pardon! Je ne voulais pas monter jusqu'ici sans votre autorisation! C'est votre supérieure qui… qui… m'y a forcé… contre mon gré, vous pensez bien! Jamais… Je… »

Elle l'invite à se taire en posant deux doigts sur sa bouche. Donatien s'incline, rassuré par la délicatesse de son interlocutrice. À part l'aumônier et sa compagne, personne d'autre ne sait que le vieux frère a rendu l'âme. Ils emmènent le maire à l'écart pour lui éviter la vue du cadavre. Ils se consultent. Donatien se sent jugé et craint le verdict. Elle revient.

« Vous vouliez voir le frère Côté, j'imagine?

— Je… je… ooouuuiiieee…

— Préparez-vous bien à entendre ce que je vais dire! Il est mort! Il vient tout juste de quitter ce bas monde! »

Le ton devient plus ferme. Donatien recule.

« C'est peut-être un peu à cause de vous, d'ailleurs… de votre satanée machine! Il est mort… mort de peur et vous êtes le premier à l'apprendre! N'est-ce pas, père Racine? N'est-ce pas?

— De vieillesse… de vieillesse et de faiblesse aussi, croit-il bon d'ajouter!

— Merci… merci… d'avoir dit ça, mon père! Je me sens moins coupable, ose le marchand.

— J'imagine que vous vouliez le voir et lui parler au nom d'Odiluce? »

Surpris par cette remarque:

« Oui… oui… c'est… justement ça! Elle m'a… de… de… »

Il s'arrête de parler pour jeter un coup d'oeil autour. Il cherche le mort. Soeur Marie-de-la-Paix l'en empêche. Elle le pousse jusqu'à sa chambre, tout au bout de la salle commune, collée sur le solarium.

« Je vous demande d'attendre ici un moment. Ce ne sera pas long. Patientez! Surtout ne sortez pas! Sinon je vous jette moi-même dehors. Compris? Restez tranquille… j'aurai peut-être quelque chose pour vous! »

La religieuse met le crochet extérieur de la porte afin de s'assurer que Donatien ne sortira pas tout seul. L'appartement soigneusement décoré servait autrefois de chambre de détention pour les déficients mentaux incontrôlables. Il n'en reste aucune trace à part le gros crochet. La grande propreté impressionne Donatien; trois belles fougères, un lit méticuleusement fait, une causeuse fleurie et plusieurs toiles accrochées aux quatres murs.

« Bondance, c'est pour le grand monde ici! Même un violoncelle! Curieux pour une soeur! Sont pas pauvres... sont pas pauvres les religieuses! »

Encore sous le choc, il s'assoit à proximité de la porte et ne bouge pas. Le temps lui paraît long. Il joue avec les cordes du violoncelle qui, tour à tour, font vibrer leurs notes...

Après avoir conversé quelques minutes avec le père Racine et s'être attablée pour écrire en sa compagnie, la religieuse retourne rapidement en direction de sa chambre.

« Je pensais bien être enfermé là pour la journée!

— Vous enfermer à double tour!... C'est ce qu'il aurait fallu faire à Maillard! Tenez, prenez cette enveloppe, monsieur Gagnon. Calmez-vous surtout. C'est pour Odiluce. Dites-lui qu'elle y trouvera une bonne partie des réponses aux questions qui l'intéressent. Peut-être davantage même! Ne l'ouvrez pas. C'est personnel... vous comprenez bien, n'est-ce pas? »

Soeur Marie-de-la-Paix s'efforce de garder un ton autoritaire. Elle n'aime pas intimider et ignore que Donatien jubile intérieurement. Il cache bien son jeu. Il acquiesce d'un signe de tête, puis remet sa casquette.

« Je vous demande de la lui remettre en main propre le plus tôt possible... ce matin même! Vous seriez très malvenu de l'ouvrir. Attention, elle est scellée. Voyez, la cire chaude coule encore! Soyez discret au moins une fois dans votre vie, monsieur Gagnon! »

Le père Racine doute fort de l'honnêteté du boucher-maire.

« Moi aussi, je vous demande, au nom du Seigneur, de ne pas la décacheter! Entendu? Faites cette commission comme je l'entends. Ensuite, vous pourrez de nouveau circuler tout à votre aise dans l'hospice. Vous pourrez continuer d'y écouler votre machandise! Vous êtes d'accord avec ça, ma soeur? »

La religieuse se retient de sourire. Elle n'aurait pas trouvé mieux pour convaincre Donatien. Sa corde sensible a été touchée. Son expression le confirme. En plus de l'assurance de rester prospère et de conserver sa clientèle après la frousse qu'il a subie ce matin, Donatien se rejouit à l'idée de pouvoir satisfaire Odiluce. Faute de ramener le frère, à tout le moins, il apportera de ses nouvelles! « Que peut-on espérer de plus! » se dit-il en secouant joyeusement la main de l'aumônier et celle de la religieuse pour les remercier.

« Allez... pressez-vous un peu! Filez! Partez sur-le-champ sans perdre de temps! Trouvez-la... trouvez Odiluce! Nous vous serons très reconnaissants! » ajoute la religieuse.

Non sans tenter un dernier regard vers le fond de la salle pour chercher le corps du frère, Donatien sort lentement.

« Le père Racine va vous raccompagner jusqu'à votre automobile. Comme ça, vous ne serez pas importuné. »

Curieusement, il n'y a personne dans les corridors. Tous s'entassent dans les encadrements des portes pour les voir passer. Le père Racine est content de ne pas croiser soeur Gertrude, partie ruminer sa colère dans son bureau. Il escorte Donatien jusqu'à la chaufferie. À sa demande, il lui fournit quelques détails sur la mort du frère.

Chapitre
vingt-quatrième

Le ciel achève de se couvrir presque entièrement et les jets de soleil ont peine à traverser la couche de nuages toujours plus opaque qui assombrit les couleurs d'automne de Maillard. Seuls la maison de Jeanne et le cimetière bénéficient de leurs faveurs. Le reste de la journée s'annonce terne. La brise ne se faufile plus à travers champs.

De la grande maison blanche de Jeanne, on ne voit plus personne sur la voie ferrée. Émile abandonne le coffre en cèdre, son poste d'observation. Il exécute un saut acrobatique plus haut que sa propre taille. À l'atterrissage, le plancher de bois sec vibre et tire brutalement Jeanne du rêve. Elle venait de s'endormir et avait grand besoin de sommeil après la nuit blanche passée à surveiller son fils. Tout le temps qu'a persisté l'obscurité, elle n'a cessé de lui courir après. Sur la pointe des pieds, il s'en retourne. Puis, d'un bond, il plonge dans le berceau qu'il manque de renverser.

Un rayon de soleil trace un long filet de lumière vive dans la demeure. La petite plaquette de bronze sur laquelle fut gravé autrefois, quelque part en Europe, le mot BRITANNIC, scintille. Le chatoiement capte l'attention de Jeanne qui s'attendrit à la vue de l'inscription qui lui rappelle Mathiews. D'un geste lent, presque sensuel, elle la caresse.

Émile se couvre jusqu'au menton. Non seulement pour se protéger du froid, mais davantage pour se cacher de Jeanne qui renonce à le réprimander. Il suit le gracieux mouvement des doigts de sa mère sur la plaquette. En même temps qu'elle pousse le berceau, il accentue le roulis en ballottant sa grosse tête de gauche à droite.

Jeanne a un moment l'heureuse impression que son fils lit dans ses pensées. Elle aime croire qu'il saisit tout. Qu'on ne peut rien lui cacher. Qu'il est extrêmement doué. Si l'intelligence, l'habileté, l'astuce et divers sentiments brillent au fond de ses yeux, sa belle tête de chérubin ne réserve que peu de place à la pensée, à la mémoire et au raisonnement; tout au plus un petit coin pour l'imagination: le dessin sur les vitres et les bouquets de fleurs pour Jeanne. À moins que ce ne soit tout simplement le fruit de la tendresse.

Émile croise les mains derrière sa tête. Il cherche toujours des mouches au plafond tandis que, maintenant, c'est tout son corps qui ballotte dans le large berceau de bambou que pousse sa mère en rêvant. Mathiews l'avait offert à Jeanne bien avant la naissance des enfants. C'était comme si l'étranger avait deviné qu'elle allait donner la vie à plus d'un enfant à la fois. Le mari de Jeanne raconta partout qu'un lointain cousin leur avait envoyé ce berceau. Ils n'eurent jamais un tel parent; tous les Maillardiens le savaient fort bien.

Souvent, Mathiews faisait venir des objets de l'étranger sans en informer personne. Même pas Rémi qui s'en outrageait. Il arrêtait le train au pied de la côte de la Grande-Pointe pour aller quérir son bien. Les conducteurs s'habituèrent à cet homme, à ce « Chevreux » qu'ils avaient vu sauter du train quelques années auparavant dans des conditions dangereuses.

Le berceau, la plaquette de bronze à l'inscription BRITAN-NIC, c'est tout ce que Mathiews a laissé à ses enfants, ceux qu'il fit à Jeanne. Il ne les toucha jamais, ne les aperçut qu'à distance. Il se privait de les voir pendant le jour pour sauver les apparences et surtout pour protéger Jeanne contre les mauvaises langues.

Pendant les nuits noires, lors des escapades que le frère lui reprochait, Mathiews allait rôder autour de la maison blanche sous le nez de Hubald. Il s'installait souvent sous la galerie qui fourmille toujours de petits suisses pour écouter le bruissement de ses enfants. L'aube venue, il s'enfuyait vers la Grande-Pointe en longeant la montagne.

Les pétarades de la Ford de Donatien achèvent de tirer Jeanne de sa rêverie. Il roule à fond de train. Il prend le virage du chemin de la gare si vite que la moitié des boîtes de viande s'éparpillent dans un fossé. Elles coulent lentement dans deux pieds d'eau de pluie. Le concert des grenouilles s'arrête. Donatien fonce. Il ne tente même pas de récupérer son bien.

Quel vacarme! Émile saute de son berceau comme un chat qui verrait passer sous son museau une appétissante souris grise. Jeanne se rend à la fenêtre et aide son fils à garder son équilibre sur le couvercle du coffre. Dès qu'Émile a les deux mains agrippées aux persiennes et qu'il ne risque plus de tomber, Jeanne lui démêle son épaisse chevelure. Tous deux regardent la Ford foncer vers la gare.

Pas très loin de chez Jeanne, juste à l'est, dans le magasin général d'Eugène, Lucienne et ses clientes, toutes plus intriguées les unes que les autres, spéculent sur les motivations qui peuvent pousser Donatien « à risquer sa vie ainsi ». Il roule au moins à quinze milles à l'heure. La Ford veut exploser dans un nuage de poussière encore plus dense que celui qu'il a soulevé en quittant l'hospice. Un bras en l'air, il s'agite, tout fier d'apporter un message à Odiluce.

Chapitre
vingt-cinquième

Émilien et Camille tournent le dos à la fenêtre de la gare. Chacun cherche chez l'autre une réaction. Le temps presse. Donatien se dirige à toute allure sur eux. Rien n'indique qu'il va ralentir. Juste au moment où ils s'écrasent contre le mur de la bâtisse, la Ford cogne solidement la soute à charbon. Sous le choc et les vibrations qui s'ensuivent, leurs pieds s'enfoncent de plusieurs pouces dans le charbon. Affolée, la jument de Rémi hennit. Elle donne de grands coups de tête. La bride qui la retient à la soute menace de se rompre. Émilien reprend vite ses esprits. Il attrappe la laisse de cuir. Par miracle, la bête se calme.

Donatien saute de sa machine. Il ne cherche même pas à vérifier si la Ford a été endommagée en éventrant le bas de la soute.

« Il est fou. Il a failli nous tuer tous les deux!

— Y a pu de danger, Camille. Prends sur toi! Ça fait longtemps que je le sais qu'il est fou... moi, réplique Émilien.

— Attention... attention... on cale... on cale... J'ai du charbon par-dessus les chevilles! »

Le charbon s'accumule en quantité considérable sous le devant de la voiture. Plus la soute se vide, plus Émilien et Camille s'enfoncent. L'éboulement cesse dès qu'ils s'accrochent au rebord de la fenêtre. Ils orientent à nouveau leurs regards vers l'intérieur de la bâtisse. Le maire entre. Il soupire de soulagement. Tout le voyage de retour s'est effectué la gorge serrée.

« Ouf... ouf... Odiluce! J'ai quelque chose pour toi... quelque chose à te remettre en main propre! C'est important... très important... y paraît! »

Donatien s'étonne de découvrir tout ce monde dans la gare et choisit de se taire. Il regrette le ton un peu trop familier avec lequel il vient de s'adresser à Odiluce et passe en revue les yeux posés sur lui. Constatant que le curé va parler, il prend les devants d'une voix plus neutre.

« Je suis heureux de te trouver ici, Odiluce. Je suis passé par chez toi en revenant de Baie-Saint-Paul, mais j'ai vite remarqué ton absence: le chien a failli me dévorer tout cru. Faut pas laisser des bêtes enragées comme ça en liberté... c'est dangereux! »

En disant cela, il rit, comme s'il était sorti victorieux d'un combat à mort avec le labrador d'Odiluce.

« J'ai pas tout à fait ramené ce que tu m'as demandé, mais j'apporte des nouvelles de la plus haute importance. Je t'annonce la première!... »

Il retire sa casquette, passe un mouchoir déjà trempé sur son front et dans ses cheveux. De son ton officiel de premier magistrat de Maillard, il annonce:

« Il est mort! Le frère Côté est mort! Soeur Marie-de-la-Paix m'a prié de te le dire... bel et bien mort! »

Un long murmure se lève dans la gare. Tous prononcent le nom du défunt. Il y a si longtemps que personne n'a parlé de lui publiquement, et voilà que Donatien annonce sa mort! Quoique désappointée, Odiluce sourit. Elle aurait mieux aimé que le frère Côté soit jugé et blâmé de son vivant. Flatté par une telle attention dirigée sur sa personne, Donatien poursuit. Il s'écoute parler.

« Bien oui... bien oui... mesdames et messieurs, il vient de trépasser à l'hospice, son dernier repaire. Y a pas longtemps!... Son corps doit être encore chaud! Étouffé par la peur... y paraît... à cause de ma Ford!...

— Nous aussi, elle a manqué nous tuer, la Ford! de dire Camille à l'oreille d'Émilien.

— Tu vois bien que la peur, ça tue!

— Chut... chut... écoute Donatien. Pour une fois que ça semble intéressant!

— Aussi, on m'a chargé de te dire que le pigeon de monsieur le curé ne s'était pas encore montré là-bas! Y paraît que tu l'avais annoncé à soeur Marie-de-la-Paix dans une lettre. Quand je suis parti, on l'attendait toujours! »

Le curé bondit. Ahuri, il s'avance vers le maire.

« Mais... mais... qu'est-ce que ça veut dire que mon pigeon ne s'est pas montré à l'hospice?... »

Bien qu'il dévisage Donatien, c'est Odiluce qu'il interpelle. Pas de réponse. Il regarde dans toutes les directions, espérant que quelqu'un ouvrira la bouche.

— Je n'ai jamais envoyé de pigeon à Baie-Saint-Paul, moi... depuis des semaines d'ailleurs!

— C'est moi, monsieur le curé! C'est moi qui ai envoyé votre pigeon à l'hospice... votre pauvre pigeon! Celui-là même que cache Joachim... s'il ne l'a pas déjà égorgé », dit Odiluce.

S'entendant nommer, l'ex-fossoyeur se met au garde-à-vous. Il attend des félicitations. Odiluce parle avec assurance.

« Elle portait un message, votre colombe, monsieur le curé... votre sainte colombe que je préparais à ce voyage depuis des mois! Faut croire que ni vous ni moi ne sommes parvenus à bien la dresser!

— T'as pas seulement violé le colombier du presbytère, Odiluce, de crier Alma. T'as aussi fouillé partout et mis le désordre dans les affaires personnelles du feu curé de Maillard. T'as souvent tripoté le peu que nous a légué le curé Fortin! »

Les yeux du curé Boucher s'écarquillent. Il oublie sa colombe et Joachim. Alma occupe toute son attention.

« Les pages que tu tiens dans tes mains, Odiluce, je les reconnais... »

Alma cherche une confirmation du côté de Rémi.

« N'est-ce pas, mon mari? Dis-lui! Dis-le devant tous que tu les reconnais, toi aussi? C'est pas le cas, qu'on les reconnaît les pages du journal intime de notre regretté curé? On en a une pareille dans notre coffre-fort à la maison... hein, mon mari? Dis-lui! »

Rémi pense mourir de honte et voudrait se trouver six pieds sous terre. Elle lui avait pourtant juré de ne jamais causer de ces choses. « Maudit, c'est plus fort qu'elle! Faut qu'elle jacasse. Y a pas moyen d'y faire confiance! »

Le curé Boucher tente désespérément de sortir un son de sa gorge. Il glisse un mouchoir dans son col romain, s'essuie le cou. Ses yeux en disent long. Personne ne devait connaître l'existence des mémoires de son prédécesseur. Après les avoir lues une seule fois, il les cacha pour mieux les oublier.

Dans les circonstances, Aurèle, qui croyait tout régenter au presbytère et ne rien ignorer du savoir de son curé, ne trouve rien de mieux à faire que de s'emparer du tisonnier et de remuer bruyamment le charbon. Cette fois, trop occupé à contenir sa colère, Rémi ne le réprimande pas pour son sans-gêne.

Martin reprend son sérieux en regardant Odiluce. Il admire sa fougue, adore son côté rebelle. Soudain, frustrés de mal entendre, Camille et Émilien, toujours l'oreille collée au grillage, brisent une vitre. Mais, à ce moment précis, l'imprévisible Joachim entreprend de danser sur les boîtes de pommes. Il couvre le fracas de la vitre qui tombe en pièces. À bout de bras, il secoue la dépouille du pigeon, la montre à tous comme un trophée de chasse. Les yeux du curé roulent dans l'eau. L'ex-fossoyeur crie, chante, beugle.

« Le frère Côté est mort... vive le roi! Mathiews est le roi. Le frère est chez le Diable! Tant mieux! Un diable de moins sur terre et un de plus en enfer! »

De l'autre main, Joachim sort de ses poches le canif trouvé sur le corps de Mathiews.

« C'était à lui ce couteau! C'était au roi! Il vous tranchera la tête avec! »

Sans que personne s'y attende, il lance le couteau en direction d'Odiluce. Jean l'attrape au vol, le regarde, puis lit à haute voix: BRITANNIC. En entendant ce mot, Émilien bouscule Camille qui cherche à prendre toute la place derrière le grillage. Camille résiste. Ils se disputent le carreau fracassé.

« BRITANNIC... c'était le nom de mon berceau quand j'étais petit... et celui de mon frère Émile!

— Quand t'étais jeune, tu veux dire! » de le reprendre Camille.

Émilien lui assène un vigoureux coup de hanche. Il n'aime pas qu'on se moque de sa taille.

Le curé lève les bras.

« Mais taisez-vous donc tous! Fermez-la, bande de malheureux! On devrait plutôt se recueillir en apprenant la triste nouvelle de la mort du frère Côté! »

Et, sans vraiment penser une seule seconde ce qu'il raconte, le curé se compose une attitude pieuse. Il cherche à donner l'exemple.

« Un saint homme que ce frère à qui nous devons une chapelle. Un bienheureux qui voulut fonder une paroisse… à la gloire de Notre Seigneur. Même s'il perdait parfois l'esprit, il se dévouait corps et âme pour honorer le Fils de Dieu! Prions… prions… que Dieu ait son âme! »

Odiluce l'interrompt:

« Vous voulez dire la chapelle que Mathiews a construite, monsieur le curé? Vous voulez sûrement dire aussi une chapelle que ce damné frère a voulu orner d'objets volés dans votre église? Vous voulez peut-être, je suppose, ajouter qu'il a laissé accuser l'étranger du vol qu'il avait lui-même commis? Vous pourriez aussi nous dire que le curé Fortin n'a pas levé le petit doigt pour empêcher l'assassinat de Mathiews? »

Chaque phrase, chaque mot, chaque syllabe d'Odiluce frappe, impressionne, surprend. Le curé hoche la tête à petits coups secs et risque:

« Vous êtes odieuse! Taisez-vous donc! Vous dites n'importe quoi… personne n'a le droit de juger. Retournons tous à nos occupations! Obéissez-moi… obéissez-moi, et surtout vous, Odiluce! »

Personne ne bronche et chacun lit la désobéissance dans les traits de l'autre. Le curé s'énerve, prend son crucifix à deux mains tandis qu'Aurèle s'approche. Il n'a pas le temps d'exécuter trois pas que Martin lui intime de ne pas bouger et encourage Odiluce à se vider le coeur!

« Je ne me tairai plus, monsieur le curé. Regardez ce que j'ai volé dans votre bureau. Regardez bien tous! Ce sont des morceaux de vérité que vous cachiez, monsieur le curé! Ce ne doit pas être très grave, n'est-ce pas, que de voler pour chercher la vérité? Et puis, on dirait que je ne suis pas la seule à avoir agi ainsi… »

Elle désigne Alma. Rémi rougit de honte.

« Je lis, monsieur le curé, je lis pour vous tous, pour qu'on sache! C'est dommage que madame Lucienne Dufour ne soit pas là! Combien d'entre vous savent qu'elle désirait enjôler Mathiews?... Il en est question dans l'une des pages... celle-là même qui prouve que le curé Fortin a laissé tuer Mathiews, sinon encouragé son meurtre pour un crime dont il était innocent! »

Pas de réponse. On attend la suite.

« La Lucienne... elle n'arriva jamais à le séduire! Il la haïssait probablement! Le curé Fortin l'a écrit, elle lui jura que Louisa, ma mère, se laissa approcher par l'étranger et qu'elle attendait un enfant de lui. Ce n'est pas tout! La page se termine par la condamnation de Mathiews. Ce passage, je le connais par coeur:

« *...Cet homme doit partir. Il devra quitter Maillard. Que Dieu ait son âme. J'en parlerai aux notables demain, surtout à Ludger, chargé de maintenir l'ordre dans la paroisse...* »

Seul à réagir aux derniers propos d'Odiluce, Joachim saute sur le comptoir à billets. Il montre à tous la Waltham volée sur le corps de Mathiews. Les autres restent figés.

« J'ai été témoin, moi! Je sais ce qui s'est passé. Voyez... voyez la preuve que je connais bien des choses! »

Il va et vient dans tous les sens, touche à chacun. Son postérieur frôle le visage de Rémi qui a du mal à tolérer les mauvaises odeurs qui émanent de sa culotte.

« C'est justement pour cela, de lui répondre le curé, que t'as été chassé du cimetière, Joachim! T'es un voleur... toi aussi! On le savait depuis toujours que tu fouillais les poches des défunts... que tu prenais leurs alliances! Sacrilège! Toi... tu iras tout droit chez Lucifer... comme le frère Côté! »

Étonné d'entendre le curé annoncer que le frère Côté ait pu prendre le chemin de l'enfer, Aurèle tente de le raisonner.

« Vous vous rendez compte de ce que vous dites? Surtout ne commentez pas les propos d'Odiluce! Nous reparlerons de tout ça à tête reposée au presbytère. Après... nous réagirons! »

Pressé de prendre sa revanche sur le meurtrier de son pigeon, le curé ne veut rien entendre. Il vocifère:

« Oui... oui... l'enfer... l'enfer pour tous! Tout spécialement pour toi, fossoyeur maudit! Vous aboutirez tous là, si nous ne quittons pas cette satanée place immédiatement. Partons pour ne plus entendre d'autres bêtises!

— À l'eau les brebis! Voilà la vraie nature de notre berger! Un paniquard qui brandit toujours la menace », chuchote Martin à l'oreille du bedeau qui n'apprécie pas le commentaire.

Odiluce ne veut pas de l'appui de Joachim. Il ne fait qu'ajouter à la confusion et, avant qu'il n'intervienne de nouveau:

« Vous n'avez été témoin de rien, Joachim, si ce n'est que nous savons tous que c'est vous qui avez enterré Mathiews! »

Donatien s'approche d'Odiluce.

« Ouvre l'enveloppe, Odiluce! Ouvre-la! »

Elle est très nerveuse. Tout vibre en elle et, pour détourner l'attention de ses mains qui tremblent, elle laisse tomber la boule de papier brun et les pages des mémoires. Alma ne perd pas une seconde. Elle ramasse le tout.

Odiluce déchire l'enveloppe. Heureux de constater qu'elle renonce à poursuivre la lecture des pages volées au presbytère, le curé saisit l'occasion pour tenter de mettre un terme à la discussion.

« Je suis content que vous vous ressaisissiez, Odiluce! Vous nous avez vraiment inquiétés. Tout rentre dans l'ordre. Allons-nous-en maintenant! »

Rien ne choque plus Rémi que d'entendre quelqu'un oser donner des ordres dans sa gare. Ironique:

« Ça ne va pas pour autant redonner la vie à votre pigeon, mon cher curé! Hum... hum... pardon, j'aurais dû dire à votre colombe!

— Partons, d'insister le curé, comme s'il n'avait rien entendu.

— Attendez... attendez un peu, crie Donatien. Y a rien qui presse... pas si vite, monsieur le curé. C'est intéressant cette affaire-là! On aimerait savoir de quoi il retourne dans la lettre de sœur Marie-de-la-Paix. On aimerait tous savoir ce qu'elle raconte! Après tout... je mérite grandement de savoir de quoi il s'agit. N'oubliez pas que j'ai risqué ma vie en roulant à toute allure dans les coulées pour livrer ce message! Je demande un peu de reconnaissance... est-ce trop exiger? »

Joachim se précipite sur Odiluce. Il lui arrache l'enveloppe des mains. Surprise, elle a peine à prendre conscience que l'ex-fossoyeur lui a fauché les renseignements tant recherchés ces derniers mois. Odiluce songe un instant à partir. Joachim contourne la fournaise, passe près de heurter le tuyau de tôle crépitant de chaleur et remet la lettre à Alma.

« Lis, lis, Alma, lis tout de suite! Dis à haute voix ce que la religieuse raconte. Presse-toi... presse-toi... on t'écoute. Tu vois bien qu'on est tous pendus à tes lèvres! Vite... avant que le train... »

Rémi donne un solide coup d'estampille sur le comptoir. Il signale ainsi à sa femme de ne pas s'exécuter et traite Joachim de vieux fou, de radoteur, d'esprit mal tourné et de malfaisant. Aurèle s'étonne que Rémi ne saisisse pas cette nouvelle occasion pour contrarier le curé. D'habitude, le Grand Prince de Maillard ne rate pas une occasion de lui rendre la vie dure. Grandiloquent, Rémi tonne:

« Odiluce, reprends la lettre! Donne-la-lui, Alma! Fais ce que je te dis! »

Alma est furieuse; le sang lui monte à la tête. Elle rougit. L'ordre de Rémi l'offusque. Pour la première fois publiquement, elle défie l'autorité oppressante de Rémi et ne remet pas la lettre à Odiluce.

« Alma perd la tête! Vous ne trouvez pas, monsieur le curé? »

Aurèle n'obtient aucune réponse. Le curé regarde le visage de la ménagère se durcir et son opulente poitrine se gonfler, comme si elle allait éclater. Avec une souplesse qu'on ne lui connaissait pas, Alma monte sur son banc et commence à lire. Si la porte de la gare était ouverte, sa voix porterait peut-être jusqu'aux fenêtres de Lucienne.

Ma chère enfant,

Il importe que tu saches que le frère Côté vient de mourir. S'il avait été encore de ce monde, le père Racine et moi n'aurions pas répondu à ta lettre. En toute conscience, je me sens obligée de fournir des réponses aux graves questions que tu poses et ce n'est pas sans appréhension.

Oui, Maillard fut gravé sur l'étole du frère!

Oui au fait qu'il a pu voler des objets dans votre église autrefois! Je tiens cette dernière information de son confesseur.

Que Dieu nous pardonne de révéler une telle chose. Je crains fort de contribuer à attiser la colère dans ton coeur...

Outré de constater le viol du secret de la confession, le curé Boucher s'insurge, lève les bras et agrippe les cuisses d'Alma pour l'empêcher d'en lire davantage. Martin s'approche de lui, l'empoigne, doucement mais fermement, et le force à se rasseoir.

Bien que scandalisé par l'audace de Martin qui moleste le curé, Aurèle ne s'interpose pas. Il craint trop son cousin. Martin s'en retourne aux côtés d'Odiluce et de Jean.

« Continue, continue, Alma. C'est passionnant, ajoute Joachim... très intéressant! On dirait une lettre venue tout droit de l'au-delà. »

Alma jette un coup d'oeil en direction de Rémi avant de satisfaire à la demande de l'ex-fossoyeur.

...Non, il ne laissa pas mourir Mathiews, bien qu'il souhaitât sa mort. Un jour, en confession, le frère avait déclaré que le curé Fortin portait la responsabilité de la mort de son ami.

Oui, le frère conservait le portrait d'une femme. Nous pensons l'avoir identifiée. Son nom est écrit dans une phrase en anglais que je traduis...

Le silence pèse lourd dans la gare. Les têtes s'inclinent pour éviter les regards. Chaque nouveau mot d'Alma ajoute à l'émotion.

...Je ne devrai jamais oublier le visage de Louisa. Elle garde ma fille, une petite fille qui, en même temps que ses deux frères, se forma dans le sein de Jeanne.

Voilà tout ce que je puis dire sur ce portrait. Ne cherche plus à communiquer avec moi. N'envoie plus Donatien. Je n'aurai plus rien à raconter sur ce sujet.

Adieu
Soeur Marie-de-la-Paix

Le visage d'Odiluce se glace pendant qu'Alma rit à gorge déployée pour se libérer de sa tension. Martin se réfugie dans l'humour. Il essaie de distraire Odiluce dont il devine le coeur meurtri.

« Elle vire folle, la ménagère! Tu vois ça. C'est à croire qu'elle imite son curé! Le pauvre! Il va devoir se passer de sa servante; un autre cas pour l'hospice! Ça prenait quelqu'un pour remplacer le frère Côté. Quel monde de fous dans ce village! »

Lui aussi finit par ressentir le malaise. L'humour ne le protège plus contre le fait qu'il est, à l'instar d'Aurèle, petit-fils de Ludger, le bourreau de Mathiews. Émilien secoue le grillage de la fenêtre et le sort de son trouble. Martin s'aperçoit qu'Odiluce ne maîtrise plus les morceaux de passé qu'elle a agités. Le jeu semble se retourner contre elle.

Rémi n'a jamais eu l'air aussi humble. Sa pipe enfume toujours les billets de train, pendant que Joachim se décrotte les ongles en provoquant des cliquetis qui ne laissent aucun doute sur leur épaisseur.

« Tout est clair... comme de l'eau de roche, lance Alma. Tout est clair! Odiluce est la fille de cet homme... de ce Mathiews. C'est aussi une infirme... une naine qui a grandi! Ça lui en fait une belle noblesse... une noblesse bien petite. »

Rien ne transparaît dans le regard d'Odiluce, bien que les paroles d'Alma la blessent profondément.

« Tu crois pas, Rémi? Dis-lui, mon mari. Dis-lui ce qu'il y a d'écrit sur la page que nous conservons dans notre coffre-fort! Comme ça, elle se taira au lieu de chercher à nous apeurer. Raconte-lui ses origines. Comme ça, elle va arrêter de nous provoquer avec ses airs de princesse! Son père se pavanait comme elle, avec les mêmes airs frondeurs! »

Rémi ne laisse paraître aucune réaction et ne regarde pas Alma. Les larmes aux yeux, Camille secoue avec force le grillage de la fenêtre, l'arrache presque. Émilien lui tire l'oreille pour le forcer à lâcher prise.

Odiluce se tourne vers la fenêtre. Pour la première fois, elle aperçoit Camille. Instantanément, elle regrette d'avoir provoqué la discussion et souffre de penser qu'il risque de s'effondrer à entendre ces choses.

Odiluce s'est prise à son propre piège et cherche comment en sortir. Elle ramasse la boule de papier qui traîne par terre et se dirige vers la fournaise pour jeter au feu les adieux de Louisa. Aurèle tente de l'en empêcher, mais Martin s'avance. Il l'oblige à reculer. Alma veut encore parler, mais le curé lui met la main sur la bouche.

« Malheureuse, rentrez tout de suite au presbytère avant que vous ne mouriez d'une syncope. Les veines vous sortent par les tempes. Votre pression va vous tuer... avec ce que vous venez de dire, personne ne va vous pleurer. Sachez que vous êtes impardonnable! »

Martin ajoute.

« À l'épaisseur qu'elle a votre servante, monsieur le curé, y aura plus de place pour personne d'autre en enfer. Toutes les portes vont être bloquées. On ne pourra plus avoir le privilège d'écraser dans un coin de paradis votre plus grand ennemi, Lucifer! Quelle grâce d'imaginer que la braise éternelle nous sera interdite à cause des bonnes actions de votre ménagère. »

Il n'y a que Joachim pour s'amuser de la dernière boutade de Martin. Aurèle ne la trouve pas drôle du tout. Il n'aime pas qu'on se moque d'Alma qu'il a toujours secrètement désirée. Le balancement de ses hanches l'excite. Il ose une grimace destinée à son cousin et s'attire ainsi la paire de gifles promise depuis longtemps.

Rémi perd son sang-froid. C'est bien la première fois qu'on le voit s'énerver, lui qui se vante de garder son calme en pleine tempête. Il quitte son comptoir. Les billets s'envolent dans le courant d'air qu'il produit et s'éparpillent sur le plancher. Joachim en met quelques-uns dans ses poches. Le chef de gare s'empare du tisonnier, menace Alma. Apeurée, elle chancelle, tombe de son banc, enfonce un pied dans une planche et s'érafle une cheville. Trop énervée, elle ne ressent aucune douleur.

« Je ne dis que la vérité. Pourquoi chercher à me battre? Tu le sais bien... tu la connais depuis longtemps... comme moi, la vérité! La page prise à ta demande expresse dans les livres noirs du curé Fortin révèle que le frère Côté a volé à la belle Jeanne l'un de ses enfants pour le porter chez Louisa. »

Alma réussit à se délivrer de l'emprise du curé et de son mari. Elle pointe Odiluce qui demeure impassible malgré sa détresse.

« C'était elle, l'enfant enlevée! C'était elle, cette belle grande fille-là! On s'en doutait, mon mari et moi. Voilà que nous le savons avec certitude maintenant... la lettre de l'hospice le prouve... le portrait de Louisa! Les minutes suivant la naissance d'Odiluce et de ses deux frères nains, le frère Côté, qui écorniflait aux fenêtres, s'est introduit dans la grande maison blanche et a enlevé le troisième enfant naissant de Jeanne... une fille! »

Tous guettent Odiluce. Alma reprend son souffle en aspirant longuement par les narines et clame:

« Il est allé porter la petite fille jusque dans le berceau de la maison voisine, celle de Louisa.

« Le hasard a voulu que Jeanne et Louisa accouchent la même nuit. Louisa, supposément seule lors de l'accouchement avant terme, a mis au monde une petite fille, elle aussi. Mais, il s'agissait d'un enfant mort-né, enterré dans le secret comme étant le dernier-né de Jeanne. Elle avait déjà perdu la raison et ne s'est rendu compte de rien. »

Tout porte à croire que c'est le curé Fortin qui a donné l'ordre au frère Côté de procéder au transfert d'enfants. On ne sait pourquoi il a émis un tel ordre. Les mémoires laissent penser qu'il a fait miroiter au frère une reconnaissance de sa chapelle en échange de ce service:

...J'ai promis au frère de me rendre à la chapelle pour célébrer un office religieux.

...Louisa peut le remercier de lui avoir permis de connaître les plaisirs d'être mère une seconde fois...

Odiluce a froid aux mains et les glisse dans ses poches. Alma a encore des choses à dire.

« Et cet homme venu d'ailleurs... cet homme est son véritable père! Jeanne ne s'est jamais donnée à son mari Hubald, pas vrai Rémi?

— Cesse de délirer... Alma... arrête où je te...

— J'en ai encore à dire! Et ce que je vais déclarer, le frère Côté le savait aussi! En sa compagnie, un jour, j'ai vu ce... Mathiews... commettre l'adultère avec Jeanne sur la grève! Nous étions cachés derrière une grosse roche...!

— ...Je t'avais défendu d'en parler... tu vas en avoir, un vrai coup de tisonnier... tu vas en attraper un!

— ...Voilà pourquoi Odiluce s'intéresse tant au sort de cet homme. Rien de plus fort que les liens du sang... c'était son père! »

Cette vérité qu'Odiluce à la fois appréhendait et désirait connaître lui avait en partie été dévoilée par le testament de Louisa, trouvé sous son oreiller le matin de son suicide.

...Je crois que tu n'es pas de moi. Regarde bien les yeux d'Émilien et ceux d'Émile. Ils sont semblables aux tiens.

La nuit de ta naissance, j'ai perdu conscience longtemps et t'ai aperçue pour la première fois déjà enveloppée dans ton berceau. J'ai découvert dans les couvertures une plaquette sur laquelle est écrit le mot BRITANNIC. Je te la remets. Je crois qu'elle a été déposée là par un homme très grand, très mince, habillé de noir. Il tournait autour du berceau. C'est tellement vague dans mon esprit. Je ne suis pas persuadée que cela soit vrai. Des jours, je le crois fermement. D'autres, non.

Retrouve le frère Côté. J'ai le sentiment qu'il y est pour quelque chose. Interroge-le. Je m'y suis toujours refusée. Je craignais la vérité et surtout de devoir renoncer à toi. Je crois que Xavier ne l'a jamais su, bien que j'aie longtemps cru qu'il se doutait de quelque chose. Il n'en a pas parlé. Le frère a pu lui faire des révélations lorsqu'il l'a reconduit à l'hospice.

Tu es plus forte que Camille. Prends soin de lui. N'aie pas de chagrin. Morte, je serai enfin heureuse. Je dois partir. La marée haute m'attend.

Adieu

Louisa qui t'aime.

Odiluce tire de ses poches la plaquette trouvée avec le testament de Louisa. On s'approche pour mieux distinguer l'objet. Joachim, le premier arrivé près d'elle, cherche à lire, mais n'y parvient pas. Jean l'aide à haute voix: « BRITANNIC ». Odiluce interpelle Rémi, resté seul en retrait.

«J'imagine que c'est vous qui avez raturé autour de mon nom dans le registre des baptêmes? Vous avez brouillé les pistes! Comme le curé, vous avez cherché à détruire et à cacher toute information sur mes origines. Vous... et beaucoup d'autres dans ce village... avez rejeté Mathiews! Vous avez aussi tenu la main de Ludger, son bourreau... une brute! Vous aussi, vous avez refusé qu'on célèbre la messe de minuit dans la chapelle construite par un homme différent... d'un autre monde... d'une autre race! Vous n'avez jamais compris qu'il a peut-être érigé la chapelle pour vous rendre hommage et souligner votre ressemblance avec le peuple de son pays d'origine, l'Irlande. BRITANNIC: c'était le nom d'un navire sur lequel il avait navigué! Ça, vous l'ignoriez aussi! »

Bouche bée et impressionné par l'assurance d'Odiluce, Rémi garde la tête baissée. La réplique ne vient pas. En effet, il faisait partie du groupe de notables qui craignait Mathiews. Joachim l'a dit à Odiluce. Elle recule lentement jusqu'à la porte de la gare, entraîne Jean, son ami. Seulement pour lui:

« Jean... je suis Irlandaise... Irlandaise! Je suis peut-être aussi une naine qui a grandi... comme dit Alma... la voleuse... »

Aux yeux des autres, Odiluce donne l'impression de devenir une autre femme encore plus digne et plus sûre d'elle. Mais cette dignité et cette assurance ne sont que le maquillage d'un immense chagrin. Elle a très peur de basculer dans l'univers clos et étrange de Jeanne. Fascinée par la belle Jeanne, elle n'osait cependant imaginer être sa fille. Elle est bouleversée.

Cette dernière révélation la heurte: elle vient d'être déclarée, publiquement, fille de Mathiews, l'Irlandais. Elle s'était efforcée de vivre pour cet homme afin de lui assurer une sorte de survivance. Après ce jeu de la vérité dans la gare de Maillard, Odiluce n'a plus de secret. Désarmée, à nu, vidée, elle n'a plus le moindre ressentiment contre ceux et celles qui ont cherché à camoufler ses origines.

« Regardez-la, monsieur le curé! On croirait voir Jeanne en personne dans le cadre de la porte! Vous ne trouvez pas? Incroyable!

— Ne dis plus jamais une affaire pareille, Aurèle! Tu n'as entendu que des menteries ici, ce matin! Allons-nous-en... et vite! »

Les mouettes cessent de se disputer les pommes pourries sur le quai de la gare. Elles s'écartent pour ouvrir un passage à Odiluce. Jean lui prend le bras droit, se colle et introduit une main dans la poche de son manteau. Ils touchent ensemble la petite plaquette et vont à la rencontre du train.

« Jean, nous allons prendre ce train. Nous irons jusqu'où appareillent les grands transatlantiques... viens!

— Attendez-moi! Attendez! Je vais avec vous autres! »

C'est Émilien. Il court sur le chemin de fer, puis s'arrête brusquement. Il songe à sa mère, Jeanne, et à Émile, tout aussi vulnérable.

Le cerveau de Camille chavire. Il dodeline de la tête. Il ne veut pas qu'Odiluce parte. Mais, figé par l'émotion, il ne s'y oppose pas. Pas un mot ne sort de sa bouche, tandis qu'il tremble de tout son corps. Puis dans un effort suprême pour s'arracher à l'angoisse, il saute par-dessus les rails, passe à un cheveu d'être frappé par la locomotive qui rentre en gare. Rendu sur la plage, il embarque dans sa chaloupe et rame comme un forcené en direction de la *Mary Lucia*.

Confus, le curé marche en droite ligne à travers champs vers le presbytère. D'un croc-en-jambe, il détruit un épouvantail qui se trouve sur son chemin. Aurèle récupère le chapeau de paille et, dédaigneusement, y dépose le pigeon mort. Couteau de cuisine à la main et toujours à l'affût de fraisiers et de framboisiers sauvages, Alma suit. Sur le quai de la gare, furieux, Rémi lance des ordres:

« La vie continue, Joachim, cesse de folâtrer et charge les caisses de pommes à bord du dernier wagon! Profites-en... c'est ton dernier jour ici! À soir, tu couches à la belle étoile! »

Épilogue

Camille s'est suicidé. Quelques semaines après le départ d'Odiluce, il s'est jeté du bout du quai, à peu près à l'endroit même où Louisa avait mis fin à ses jours. Les glaces commençaient à prendre sur le Saint-Laurent. À la fin de ce même automne 1912, les enfants de Maillard incendièrent la *Mary Lucia*.

Dans les premiers jours de juin 1914, Rémi livra en personne à Émilien, à Émile et à Jeanne un minuscule colis posté à Québec le 28 mai précédent. En l'ouvrant, ils découvrirent une plaquette de fer-blanc, semblable à celles laissées par Mathiews, à la différence près qu'elle était gravée du nom de THE EMPRESS OF IRELAND.

Odiluce leur indiquait ainsi qu'elle s'était embarquée à bord de ce grand paquebot appareillant pour Liverpool et annonçait son engagement comme membre d'équipage.

Je pars à la recherche de la terre de mon père, l'Irlande.

Rémi s'empressa d'en parler à la première personne rencontrée. La nouvelle se répandit comme une traînée de poudre. Elle prenait d'autant plus d'importance que *The Empress of Ireland* avait fait naufrage le 29 mai en face de Pointe-au-Père, dans le bas du fleuve.

En octobre suivant, Joachim, qui avait retrouvé son poste au cimetière, inscrivit en cachette sur une grande pierre de granit: ODILUCE L'IRLANDAISE. Il planta solidement l'épitaphe sur la tombe de Mathiews.

Pour leur part, le curé et Rémi écrivirent ensemble dans les registres:

Odiluce, fille de Louisa et de Xavier, née à Maillard en 1894 et décédée dans le diocèse de Rimouski le 29 Mai 1914 dans un naufrage.

Le 24 décembre 1914, veille de Noël, Alma mourut d'une crise cardiaque dans la côte de la Grande-Pointe. On la trouva toute raide dans la neige, couchée sur un sac rempli d'objets probablement volés dans la vieille chapelle. Rémi donna le tout au curé Boucher. Il le supplia de ne pas ébruiter la découverte.

Comme à peu près tous les fils de Maillard, Martin prit la mer. Après avoir obtenu ses galons de capitaine, il se fit bâtir une goélette qu'il nomma *L'Odilus*. Sur la seule indication dans *Le Soleil* qu'une femme correspondant à la description d'Odiluce avait été sauvée lors du naufrage du *Ireland*, il partit à sa recherche. La nuit de la catastrophe, plusieurs naufragés épouvantés se perdirent dans les bois autour de Pointe-au-Père. On ne les retrouva pas tous. Des sauveteurs lui parlèrent longuement d'une jeune personne vêtue en femme de chambre qui s'était enfuie à l'intérieur des terres après avoir été secourue. Ils s'en souvenaient parce qu'elle appelait très fort un certain Jean, « sûrement un proche ».

FIN